Yvette Z'Graggen

Matthias Berg
Roman

Aus dem Französischen
von Markus Hediger

Lenos Verlag

Der Übersetzer

Markus Hediger, geboren 1959. Studium der Romanistik und Literaturkritik. Längere Aufenthalte in Paris, Bordeaux und Berlin. Autor des Gedichtbandes *Ne retournez pas la pierre* (1996). Lebt in Zürich.
Übersetzer mehrerer Werke, u.a. von Jacques-Etienne Bovard, Yves Laplace, Jacques Mercanton und Alice Rivaz, zuletzt: Elisabeth Horem, *Der Ring* (1996). Herausgeber der Anthologie *Passagen.* Erzählungen aus der französischen Schweiz 1970–1990.

Die Herausgabe dieses Buches wurde von der Erziehungs- und Kulturdirektion des Kantons Basel-Landschaft, der Pro Helvetia und vom MIGROS Kulturprozent unterstützt.

Für die deutsche Fassung hat die Autorin den Text durchgesehen und geringfügig überarbeitet.

Titel der französischen Originalausgabe:
Matthias Berg

Satz und Gestaltung: Lenos Verlag, Basel
Umschlag: Anne Hoffmann Graphic Design, Basel
Foto: Georg Stärk
Printed in Germany
ISBN 3 85787 260 8

Hier streunen die Worte des Glücks
Im Netz gefangen über Abgründen.

Jean-Georges Lossier, *Lieu d'exil*

1. Kapitel

„Dort Herr Berg kommt", sagt der türkische Lebensmittelhändler.

Er zeigt mit dem Finger auf einen alten Mann, der eben aus dem Nachbarhaus gekommen ist und jetzt, auf einen Stock gestützt, langsam auf dem Trottoir geht, eine Papiertüte in der anderen Hand.

„Er geht in Platz", setzt der Lebensmittelhändler noch hinzu.

„Danke", sagt Marie.

Der Lebensmittelhändler blickt ihr nach, während sie sich in die gleiche Richtung entfernt wie der alte Mann. Sie scheint den Schritt beschleunigen zu wollen, dreht sich dann aber um. Zum Glück ist eine Kundin gekommen, so dass sich der Lebensmittelhändler mit ihr über die Auslage beugt, in der Obst und Gemüse in Hülle und Fülle angeboten werden, wie in südlichen Ländern. Er kann also nicht sehen, dass Marie den Alten gar nicht anspricht, sondern lediglich ein paar Schritte hinter ihm hergeht. In dem Augenblick, erst in dem Augenblick merkt sie, dass sie den Satz, den sie vorbereitet hat, „Guten Tag, ich bin's, Marie", eigentlich unmöglich aussprechen kann. Ihre Freunde hatten sie gewarnt, doch sie war immer starrköpfiger geworden: „Ich werde ihn finden, ich muss ihn einfach finden." –

„Und was sagst du dann zu ihm?" – „Nur keine Bange, ich habe ihm viel zu erzählen." Einige hatten noch hinzugefügt: „Und was hast du davon? Was vorbei ist, ist vorbei, man sollte die Vergangenheit besser sein lassen." Sie hatte ihre Lauheit gehasst, ihren grobschlächtigen Verstand, wo sie doch diesen Elan in sich spürte, eine Art zwingende Notwendigkeit.

Der alte Mann ist mit Mühe die kleine Treppe zur Grünanlage hinaufgestiegen und dabei nach jeder Stufe stehengeblieben. Er ist auf eine der Bänke zugegangen, die im Halbkreis angeordnet sind. Er hat lange gebraucht, um sich zu setzen, als hätte jede Bewegung ihn einige Anstrengung gekostet. Jetzt scheint er wieder zu Atem zu kommen, seine Hände liegen verkrampft auf der Papiertüte.

Marie zögert einen Augenblick, ihre Kehle ist wie zugeschnürt bei der Vorstellung, schnurstracks zu ihm hinzugehen, dann nimmt sie auf einer Bank auf der anderen Seite des Halbkreises Platz, fast ihm gegenüber, doch zu weit weg, um sein Gesicht noch erkennen zu können. Dieses ist unter dem Schirm einer Mütze verborgen, ähnlich wie sie vor ein paar Jahren ein Kanzler dieses Landes trug, Marie weiss nicht mehr, wie er hiess, damals war sie noch viel zu jung, um sich darüber Gedanken zu machen, und Eva hasste es, wenn von Deutschland gesprochen wurde.

Sie merkt, dass sie kaum schlucken kann, wie im

Konzert, wenn die Emotion zu stark und die Stille im Saal zu gross ist. Auf gut Glück zieht sie aus ihrer grossen Makramee-Tasche das Buch hervor, das sie schon im Flugzeug vergeblich zu lesen versucht hatte, die Zeilen hatten vor ihren Augen getanzt, die Wörter hatten keinen Sinn gehabt, und die Furcht war immer grösser geworden, während jene Stadt, die bald wieder die Hauptstadt eines der mächtigsten Länder Europas werden würde, immer näher kam. „Du musst Deutschland vergessen", hatte Eva gesagt, „du gehörst hierher und nirgendwohin sonst."

Was würde Eva denken, wenn sie sie in dieser Grünanlage sitzen sähe, ein paar Schritte von Matthias Berg entfernt? Wäre sie empört, bekümmert? Und wieder, wie fast jedes Mal, wenn sie an ihre Mutter denkt, beginnen Maries Augen zu brennen.

Rund um die stille, fast ländliche Anlage herrscht nur wenig Verkehr. Es duftet überraschend nach Gras und Erde. Ein dumpfes, fernes Dröhnen kommt von der Strasse her, wo es vom Turm der beschädigten Kirche zu schlagen begonnen hat.

Es ist zehn Uhr, und ich bin in Berlin, denkt Marie, zehn Uhr vormittags in Berlin, Dienstag, den 7. Juni 1994.

Der alte Mann öffnet die Papiertüte. Sofort ist er von Spatzen umgeben, wahrscheinlich ist das deren Revier hier. Langsam und sorgfältig wirft er ihnen Brotkrumen zu, hält inne, um den Stock aufzuheben, der zu Boden geglitten ist und den er jetzt an die Bank lehnt.

Marie wartet. Sie weiss nicht, worauf. Vielleicht, bis ihr wieder Erinnerungen zufliessen, Erinnerungen an eine Zeit, die sie nicht erlebt hat, von der aber unermüdlich erzählt worden ist, als hätte Eva versucht, sie sich auszutreiben, sie zu tilgen. Marie hörte nicht immer hin, zu sehr liebte sie die Stimme ihrer Mutter, ihren warmen Arm um sie, während die Mutter weitererzählte, bruchstückhaft, ohne Reihenfolge.

Er sperrte mich nicht ein, nein, Marie, er sperrte mich nicht wirklich ein. Doch jahrelang habe ich zwischen dem Haus und der Schule gelebt, dann zwischen dem Haus und dem Büro seiner Fabrik, wo er mich als Sekretärin, als Buchhalterin, als Mädchen für alles arbeiten liess. Ich hatte fast nichts gelernt, und doch musste ich alles können. Er schrie mich nie an, wenn ich einen Fehler machte, er wurde nicht wütend, er schwieg, und das war noch viel schlimmer, kann ich dir sagen.

Ich hatte keine Freunde, fast keine. Ich lebte einfach so für mich, zurückgezogen. Die schönsten Augenblikke verbrachte ich in meinem Zimmer. Ich machte die Tür zu, hörte mir Musik an, manchmal konnte ich alles vergessen.

Ihn. Das Haus. Und was geschehen war.

Ich schwebte, ich fühlte mich wie in einer Blase. Doch die Mahlzeiten nahmen wir nun einmal zusammen ein. Er war nicht der gleiche Mann wie während der Arbeit, ich glaube, mir war der Chef sogar noch lieber. Bei Tisch war da immer dieser leere Platz mir gegenüber, zu seiner Rechten. Ich dachte die ganze Zeit daran. Auch die alte Emma dachte beim Auftragen daran. Es gab Augenblicke, Marie, da nahm dieser leere Platz das ganze Esszimmer ein. Natürlich dachte auch er daran. Doch er sagte nichts. Auch dazu schwieg er.

In dem Haus herrschte das Schweigen.

Ich hasste dieses Haus. Ich hatte es schon als Kind gehasst, als Beate noch da war. Beate fühlte sich darin ebenfalls nicht wohl. In einem anderen Haus hätte sie vielleicht wieder gesund werden können. Er wollte das nicht begreifen. Er begriff gar nichts. Allein das Geschäft zählte für ihn, diese Werkzeugmaschinenfabrik, die er aufgebaut hatte und die fast sofort gut gegangen war.

Warum wir das Haus hassten? Es war ja nicht hässlicher als irgendein anderes. Es war zu Beginn des Jahrhunderts gebaut worden, war eng, hoch, ein wenig prätentiös, mit einem Ecktürmchen. Es war als einziges stehen geblieben. Allein, mitten auf einem Trümmerfeld. So habe ich es zum ersten Mal gesehen, als wir dort einzogen. Ich war noch klein, und ich begann zu weinen, daran erinnere ich mich, ich sagte, ich will hier nicht wohnen, ich mag unsere alte Wohnung viel lieber. Ihm aber war es völlig egal, was ich dachte.

Man hatte mir ein Zimmer im Türmchen eingerichtet, ein Spielzimmer, doch es gab noch nicht viele Spielsachen in meiner Kindheit. Im übrigen war mir auch gar nicht nach Spielen zumute. Ich ging fast nie hinauf, ich blieb lieber bei Beate, nur bei ihr fühlte ich mich in Sicherheit, wie während der Bombenangriffe im Keller. Nach dem, was dann geschehen war, ging ich manchmal hinauf. Ich wagte nicht, mich dem Fenster zu nähern, setzte mich auf den Boden, blieb einfach so sitzen, ohne etwas zu tun, gegen die Wand gelehnt. Eines Tages hat mein Vater mich dort gefunden. Er sagte, ich solle aufstehen, doch ich rührte mich nicht vom Fleck. Da hat er mich weggetragen. Das ist das einzige Mal, dass er mich in die Arme genommen hat, das einzige Mal in meinem Leben, doch es war schon zu spät. Danach hat er einen Maurer kommen und die Tür zumauern lassen. Niemand hat jemals mehr das Zimmer im Türmchen betreten, niemand hat mehr das Fenster geöffnet. Was bildete sich mein Vater eigentlich ein? Dass man das Unglück beseitigen kann, indem man es hinter Zement versteckt?

Aber ich habe andere Winkel entdeckt, um allein zu sein, weit weg von den anderen, an Orten fehlte es ja nicht. Im Grunde genommen hätten wir ausziehen müssen, doch er dachte nicht einmal daran, im übrigen hätte das nichts wiedergutmachen können, auch das nicht.

Zuvor hatten wir in halb zerbombten Häusern gewohnt. So sah Frankfurt aus in der Nachkriegszeit, doch du kannst dir das gar nicht vorstellen, Marie. Für dich sind Häuser etwas solid Gebautes, mit Mauern, die nicht einzustürzen drohen. Mein Vater hatte vielleicht gedacht, dieses Haus werde ihm helfen, einen Neuanfang zu machen, die unschönen Erinnerungen weit hinter sich zu lassen. Er begann, wie ein Wahnsinniger zu arbeiten, nachdem er aus der Gefangenschaft zurückgekehrt war und sein Gesundheitszustand es ihm erlaubte, und er musste stolz sein, schon genug Geld verdient zu haben, um sich ein Haus leisten zu können. Ob er Beate gefragt hatte, was sie davon halte? Ich weiss es nicht. Überhaupt redete sie zu dem Zeitpunkt fast nicht mehr, sie war schon krank, doch das begriff ich noch nicht.

Erst als sie mich wegbrachte, wurde es mir allmählich klar. Ich war wohl zwölf oder dreizehn, es war kurz nach dem Umzug. Beate kam mitten in der Nacht zu mir, sie war schon fertig angezogen. Komm, wir gehen, beeil dich. Wo willst du hin, Mama? Mit einem geheimnisvollen Ausdruck legte sie den Finger auf die Lippen. Ich habe ihr gehorcht wie immer und mich angezogen. Wir haben uns aus dem Haus geschlichen, Beate hatte nur eine kleine Tasche bei sich. Wir haben eine sehr lange Reise gemacht, damals war Reisen noch etwas Schwieriges, die Züge waren überfüllt, man musste fast die ganze Zeit stehen. Wir gelangten auf eine Insel, nachdem wir mit einem alten Schiff gefahren waren. Ich erinnere mich, Beate drückte meine Hand ganz fest, sie tat mir weh, doch ich wagte nichts zu sagen. Ich dachte, das ist gar nicht mehr meine Mama, was hat sie nur, was ist los mit ihr? Ihr Blick war mir fremd geworden, du kannst dir das gar nicht vorstellen, Marie, aber ich hatte den Eindruck, als ob alles um mich herum einstürzen würde, es war noch schlimmer als während der Bombenangriffe, dort hatte ich wenigstens Beate, die mich beruhigte. Und jetzt war sie es, vor der ich mich fürchtete.

Die Insel war topfeben und grau, mit grossen Hotels. Es war Herbst und kalt, die Nordsee war stürmisch, der Wind wehte in Böen. Weder weiss ich, wie lange wir dort blieben, noch womit wir uns den ganzen Tag beschäftigten. Ich fragte Beate, was wir tun und wovon wir leben würden, doch sie antwortete nicht. Auf dem Zimmer im Hotel sass sie stundenlang vor dem Fenster, die Stirn an die Scheibe gedrückt. Wartest du auf etwas, Mama? Sie legte wieder den Finger auf die Lippen, mit dem gleichen geheimnisvollen Ausdruck.

Sie war im Krieg ja so mutig gewesen, meine Beate, im Keller tröstete sie alle, und später habe ich erfahren, dass sie einer Untergrundorganisation angehört hatte, die bedrohten oder verfolgten Leuten zur Flucht verhalf, Juden, Kommunisten und anderen Leuten. Sie hatte einen jüngeren Bruder, meinen Onkel Friedrich, der ebenfalls dazugehörte. Ich habe fast keine Erinnerung an ihn. Er war verhaftet und hingerichtet worden. Beate sprach nie von ihm, sie konnte es einfach nicht, es schmerzte sie zu sehr. Aber das kannst du gar nicht verstehen, Marie, ich frage mich, warum ich dir das alles überhaupt erzähle, dieses Land ist so ruhig, so gleichgültig, und der Krieg scheint dir weit weg, nicht wahr? Und trotzdem muss ich dir sagen: Sie war eine Heldin, deine Grossmutter, du hättest sie geliebt, abgöttisch, wenn du sie gekannt hättest, ich kann ihr das Wasser nicht reichen und bin doch am Leben, die Füsse im Warmen und sorgenfrei. Es ist doch wirklich ungerecht.

Da sass sie also in dem Hotelzimmer, das Gesicht an die Scheibe gepresst, stumm und abwesend. Sie sah mich kaum mehr an, sie schien mich nicht mehr zu lieben.

Ich habe dann meinen Vater angerufen. Er hat uns abgeholt. Beate schloss sich im Zimmer ein. Irgend jemand, ich weiss nicht mehr wer, ein Feuerwehrmann oder ein Polizist, musste durchs Fenster einsteigen, nachdem er eine Scheibe eingeschlagen hatte. Sie schrie. Ich stand unten, neben meinem Vater. Da lehnte eine grosse Leiter, und da waren ihre Schreie. Der Wind wehte, und hinter uns, daran erinnere ich mich merkwürdigerweise, hinter uns, auf der Wiese, tummelte sich eine ganze Familie von Wildkaninchen.

Beate wurde in ein Krankenhaus eingeliefert. Für ein paar Wochen oder Monate, ich weiss es nicht mehr. Ich blieb bei meinem Vater und der alten Emma. Und dann kam Beate wieder nach Hause. Da es ihr aber immer schlechter ging, kehrte sie noch mehrmals in die Klinik zurück. Doch ich hätte mir nie träumen lassen, dass sie mich bald für immer verlassen würde.

Das Schweigen. Der leere Platz.

Mit zwanzig versuchte ich auszureissen. Ich ging zum Bahnhof, nahm den Zug, doch ich war nicht mutig genug. Die Angst war stärker. Ich stieg an der ersten Station wieder aus. Nahm den Zug in entgegengesetzter Richtung. Niemand hat etwas gemerkt. Beim zweiten Mal, als es dann klappte, war ich fünfundzwanzig und fühlte mich ein wenig sicherer. Ich hinterliess meinem Vater ein paar Zeilen, dann schickte ich ihm eine Karte aus Genf. Später habe ich ihm geschrieben, dass ich Bertrand geheiratet hätte ... deinen Vater. Er hat mir mit einem kurzen Schreiben geantwortet. Mit der Zeit schrieben wir uns noch seltener. Eines Tages dann überhaupt nicht mehr. Bertrand machte mir Vorwürfe. So dürfe sich eine Tochter nicht benehmen, der arme Mann, mutterseelenallein dort draussen, verlassen. Er hat ihm heimlich geschrieben, um ihm deine

Geburt mitzuteilen, er hat es mir später gestanden. Im ersten Augenblick habe ich ihm das ausserordentlich übelgenommen. Jetzt wird mir klar, dass er es nur gut gemeint hatte. Und dann war er ja so stolz auf dich, so glücklich.

Was Matthias Berg wohl sieht, wenn er zu Marie hinüberblickt? Das tut er nämlich dann und wann, jetzt, da er die Papiertüte geleert hat und einfach so auf der Bank sitzt, ohne etwas zu tun, die Hände flach auf die Knie gelegt.

Sie kann es sich ohne weiteres vorstellen: eine etwa fünfundzwanzigjährige Frau, die, zumindest auf diese Entfernung, keine besonderen Kennzeichen aufweist. Dunkel, schlank, ganz hübsch. Jeans, T-Shirt, Lederjacke, Turnschuhe, neben ihr eine grosse Reisetasche. In nichts unterscheidet sie sich von anderen Jugendlichen, die sicher manchmal die Anlage aufsuchen, wie der Typ dort, der auf einer Bank in der Sonne schläft.

Dieses Tête-à-tête ist doch lächerlich, denkt Marie plötzlich. In Gedanken überquert sie den Halbkreis, geht auf Matthias Berg zu, setzt sich neben ihn. „C'est moi, Marie." Soll sie noch „Bonjour" hinzufügen? Kann man in einer Situation wie dieser überhaupt so etwas wie „Bonjour" sagen? Müsste man noch „grand-père" hinzufügen? Bonjour, grand-père. Sie sagt es leise vor sich hin, um zu hören, wie es klingt, dann versucht sie es auf deutsch: „Guten Tag, Grossvater." Noch blöder, denkt sie niedergeschlagen.

Dabei hat sie doch beharrlich nach Matthias Berg gesucht, monatelang. Man hatte seit fünf Jahren nichts mehr von ihm gehört, seit Evas Tod, von dem er erst später erfuhr, da er Frankfurt verlassen hatte, ohne jemandem etwas zu sagen. Die Karte, die er damals schickte, kam aus Stuttgart, wo er sich anscheinend niedergelassen hatte. Zu einem unbestimmten Zeitpunkt war er dann erneut umgezogen, und die Spur, der Marie nachgegangen war, hatte schliesslich in Berlin geendet und zu einer Adresse geführt, die sie sich sorgfältig aufgeschrieben hatte.

„Warte nicht zu lange", hatte Bertrand gesagt, „er muss jetzt alt sein, schreib ihm." Sie hatte nicht geschrieben, vielleicht weil sie fürchtete, keine Antwort zu erhalten, doch sie hatte sich vorgenommen, diese Reise zu machen, sobald sie Zeit dafür haben würde, und sie hatte es absichtlich vermieden, sich Gedanken zu machen über das, was sie erwartete.

Diese Anlage hatte sie jedenfalls nicht eingeplant, auch dieses stumme, beklemmende Tête-à-tête nicht.

Jetzt, kurz vor dem Ziel, weiss sie nicht so recht, was sie im Innersten zurückhält. Ist es, ausser der Schüchternheit, nicht auch das Gefühl, Eva zu verraten, deren Groll bis zum letzten Tag nicht nachgelassen hatte?

„Sie konnte sehr hart sein", sagte Bertrand, „doch das war eben ihre Art, sich zu wehren."

Am Anfang, als er plötzlich allein war mit Marie, fiel es ihm schwer, von Eva zu reden. Die Vertraulichkeiten kamen erst später, im Laufe der Jahre. Wahrscheinlich wartete er, bis der Schmerz ein wenig abgeklungen war. Vor allem, wenn sie lange Spaziergänge zusammen machten, begann er zu erzählen.

Marie hörte ihm leidenschaftlich gern zu.

Als ich sie zum ersten Mal sah, sass sie allein am Tisch in einer Bar hinter dem Bahnhof, in die ich damals hin und wieder ging. Man begegnete dort allen möglichen Leuten, Handwerkern, Schriftstellern, Prostituierten, Studenten. Ihr merkte man sofort an, dass sie zu keiner dieser Gruppen gehörte. Das ist kein Ort für sie, habe ich mir beim ersten Blick gedacht, die ist hier fehl am Ort, meine ich, und mutterseelenallein. Vor ihr stand ein Glas Wein, vielleicht hatte sie schon ein paar Gläser getrunken.

Ich habe nicht gewagt, sie sofort anzusprechen. Ich habe sie lange betrachtet. Ihre langen blonden Haare, ihre Verlorenheit. Ich glaube, Marie, ich habe sie sofort wie ein Wahnsinniger zu lieben begonnen.

Damals war ich verlobt, oder fast verlobt, mit einem Mädchen, das ich seit dem Gymnasium kannte. Ohne es uns zu sagen, waren wir beide sicher, dass wir unser Leben zusammen verbringen würden. Die Zukunft versprach ruhig zu werden, ohne Überraschung, wir wussten alles voneinander seit frühester Jugend. Ich mochte Françoise sehr, wir interessierten uns für die gleichen Dinge, hatten die gleichen politischen Ideen, und naiv, wie wir waren, träumten wir davon, die Gesellschaft zu verändern, das war damals Mode. Wir machten Sport zusammen und Camping, waren in Jugendgruppen aktiv, waren Vorläufer der Grünen. Wir liebten die Stücke von Brecht, den italienischen Film, den Jazz. Wirklich, diese Unbekannte hatte nichts in meinem Leben verloren, und ich habe sofort geahnt, dass sie es von Grund auf verändern würde. Um ein Haar hätte ich die Bar wieder verlassen, jawohl, hätte mich davongemacht, solange es noch Zeit war. Statt dessen bin ich zu ihr hingegangen. Ich weiss nicht mehr, was ich gesagt habe, „Sind Sie allein?“ oder ähnliches dummes Zeug, und einen Augenblick später sass ich neben ihr.

Lange Zeit schwieg sie, du weisst ja, wie sie schweigen konnte, und dann begann sie, mir alles zu erzählen, wirr durcheinander: dass sie Deutsche sei, dass sie nach Genf gekommen sei, weil sie es nicht mehr ertragen habe, mit ihrem Vater in Frankfurt zu leben, dass sie ein Jahr als Au-pair-Mädchen bei Leuten verbracht habe, einem Genfer Ehepaar, und dass sie diese Leute soeben verlassen habe, weil es unerträglich geworden sei. Sie sagte, sie habe fast kein Geld mehr, sie wisse nicht, wo sie heute nacht schlafen solle, und im übrigen sei ihr das auch vollkommen egal. Ich habe nicht lange gezögert und ihr vorgeschlagen, zu uns nach Hause zu kommen. Françoise war für ein paar Tage bei ihren Eltern, und selbst wenn sie da gewesen wäre, es hätte nichts geändert. Eva hat sofort zugesagt, ohne überhaupt zu wissen, wer ich war und was ich von ihr erwartete. Aber ich erwartete nichts, Marie, ich liebte sie schon zu sehr, als dass ich daran gedacht hätte, die Situation auszunützen.

Sie schlief in unserem Bett und ich auf der Couch im Wohnzimmer. Als Françoise zurückkam, bedurfte es keiner langen Erklärungen. Ich glaube, man brauchte uns nur anzusehen, Eva und mich, zwischen uns hatte sich schon etwas ganz Starkes entwickelt.

Wir haben ein paar Monate später geheiratet. Sie wollte nicht, dass ihr Vater kam. Meine Eltern, meine Freunde waren da, erstaunt, dass alles so schnell gegangen war. Auch ich wusste nicht, wie mir geschah. Manchmal sagte ich mir, Eva hätte vielleicht etwas Besseres verdient als einen kleinen Geschichtslehrer, denn ich fürchtete, ich könne sie nicht glücklich machen, sie war ja so anfällig, ich spürte, das kleinste Wort, die kleinste Geste konnte sie vollkommen zerstören.

Ich habe mein möglichstes getan, Marie, ich glaubte, ich hätte es geschafft. Ja, jahrelang habe ich das geglaubt. Jetzt weiss ich, dass ich mich geirrt habe. Ist das meine Schuld? Vielleicht trug sie zu viele Wunden in sich, alte Wunden, aber auch eine frische, von der ich wahrscheinlich nicht ganz begriffen hatte, wie schwer sie war, ich meine das, was sie in Genf erlebt hatte bei Laurence und Christophe, jenem Paar, dessen Familiennamen sie mir nie sagen wollte.

Im Zug bin ich Laurence begegnet, als ich Frankfurt verliess. Sie ist in Basel in mein Abteil zugestiegen. Ich fühlte mich sehr schlecht an jenem Tag, ich wusste nicht, was ich in Genf vorfinden würde, einer Stadt, in der ich niemanden kannte, für die ich mich einfach so entschieden hatte, aufs Geratewohl, weil ich eine Ansichtskarte mit dem Springbrunnen darauf gesehen hatte. Laurence war schön, gross, schwarzes Haar, grüne Augen, sehr selbstsicher und locker. Sie war es, die mit mir zu reden begann. Ich antwortete, so gut ich konnte, doch ich sprach nur gebrochen Französisch damals und war ja so menschenscheu. Ich hatte seit Jahren ganz zurückgezogen gelebt, wie gefangen in der Erinnerung an Beate, und fast nicht mit meinem Vater geredet. Auf dieser Fahrt entspannte ich mich allmählich, ich begann, Vertrauen zu fassen. Laurence war ungefähr vierzig, ein wenig älter vielleicht, und auch wenn sie Beate nicht glich, erinnerte sie mich trotzdem an sie, so wie sie früher gewesen war. Ich fühlte mich in Sicherheit, beinahe wohl. Ich glaube, es beruhigte mich auch, durch die Schweiz zu fahren, dieses Land, welches das Glück gehabt hatte, vom Krieg verschont zu bleiben, und das durchs Fenster so schön, so friedlich war mit den grünen Wiesen und den Kühen, den blitzsauberen kleinen Häusern, den Vorbergen und den Seen mit den Segelbooten.

Laurence erzählte mir, sie wohne in einer Villa ausserhalb von Genf, auf dem Land, mit ihrem Mann, der Architekt sei. Sie gab mir ihre Visitenkarte und sagte, ich solle sie ungeniert anrufen, wenn ich mich in Genf einsam fühle. Aus Stolz habe ich ihr nicht gesagt, dass ich nur ein paar hundert Mark und vor allem Angst hatte, mein Vater würde mich durch Interpol oder etwas Ähnliches suchen lassen und ich müsste dann zurück.

Beide haben wir an diesem ersten Tag das Wichtigste verschwiegen, denn auch sie verbarg Dinge, obwohl sie ausgeglichen und im Einklang mit sich selbst wirkte. In dem hässlichen Hotelzimmer, in dem ich in der Nähe des Bahnhofs abstieg, dachte ich bald die ganze Zeit an Laurence, und das nahm mich völlig in Anspruch, ich war weniger einsam, hatte weniger Angst. Ich sah mir die Visitenkarte an, ich war wie ein kleines Mädchen, das sich zum ersten Mal verliebt. Und was ich für sie empfand, war ja so etwas wie Liebe.

Die nächsten Tage habe ich Zeitungen gekauft und die Kleinanzeigen durchgesehen. Ich wusste genau, es würde schwierig sein, Arbeit zu finden, ich sprach ja nur gebrochen Französisch, ich konnte nicht viel, ausser einer einfachen, sehr speziellen Büroarbeit, da ich nie anderswo gearbeitet hatte als in der Fabrik meines Vaters. Ich habe nichts gefunden in den Zeitungen, rein gar nichts. Das Geld schwand, ich ass so wenig wie möglich, nur gerade Croissants und Kaffee, ich musste unbedingt ein paar Monate durchhalten. Und doch habe ich damit gewartet, Laurence anzurufen. Ich dachte mir, dass sie mich sicher schon längst vergessen hatte, dass sie mir ihre Visitenkarte einfach so gegeben hatte, ohne der Sache Bedeutung beizumessen, ohne überhaupt daran zu denken, dass ich mich melden würde. Ich dachte mir auch, dass sie anderes zu tun hatte, als sich um ein armes Ding wie mich zu kümmern. Eines Morgens dann habe ich all meinen Mut zusammengenommen. Sie selbst nahm den Hörer ab und schien froh zu sein, mich zu hören, sie sagte: „Was für ein Glück, dass Sie anrufen, ich möchte Ihnen einen Vorschlag machen, oder haben Sie schon Arbeit gefunden?" Ich sagte nein, nein, du kannst dir gar nicht vorstellen, wie mein Herz klopfte, Marie. Diese Telefonzelle war das Paradies.

Die Villa war noch schöner, als ich sie mir vorgestellt hatte, mitten in einem grossen Garten voller Bäume und Blumen, etwa zehn Kilometer vom Stadtzentrum entfernt, nein, ich sage dir den Namen des Dorfes nicht, ich will nicht, dass du dorthin gehst, ich selber bin nie mehr dorthin zurückgekehrt, nie mehr.

Es war Oktober, im Kamin brannte ein Feuer, wir setzten uns hin, plauderten, und Laurence schlug mir vor, bei ihnen als Au-pair-Mädchen zu arbeiten. Sie sagte, im ersten Stock stehe ein Zimmer leer, ich würde nicht viel Arbeit haben, nur das eine oder andere, ein wenig Kochen, ein wenig Bügeln, und ich würde freie Zeit haben, um Französischstunden zu nehmen. Sie fügte noch hinzu: „Sie bringen etwas Jugend in dieses Haus" oder vielleicht auch: „Wir brauchen Ihre Jugend", ja, etwas dergleichen, und das war das einzig Wichtige von all dem, was sie gesagt hatte, ich merkte gar nichts, wovor hätte ich mich auch in acht nehmen sollen?

Ich sagte zu, mit Tränen in den Augen. Ich glaubte, ich würde nun endlich glücklich werden.

2. Kapitel

In der Anlage verrinnt die Zeit langsam, fast unmerklich. Trotzdem kommt der Vormittag allmählich voran. Die Sonne gewinnt an Boden, rückt vor auf dem abgeschabten Grün des Rasens, erhellt die Kinderspielecke mit einer Rutschbahn, einer roten Backsteinhütte und einer Schaukel.

Der junge Mann, der auf einer der Bänke geschlafen hatte, war vorhin aufgewacht, hatte sich gestreckt und war ohne Eile aufgestanden. Er hatte die Tasche aufgehoben, auf die er seinen Kopf abgestützt hatte, und hatte die Anlage verlassen, vorbei an Marie, der er schwach zulächelte.

Eine Weile sieht sie sein hageres, schlecht rasiertes Gesicht noch vor sich – bestimmt einer „ohne festen Wohnsitz", wie sie bei uns genannt werden, und wie sagt man hier?

Matthias Berg hat dem Mann nachgeschaut, und dabei ist sein Blick erneut ganz schnell über Marie hinweggeglitten, die junge Frau in Jeans, die so tut, als läse sie ein Buch, das offen auf ihren Knien liegt.

Eine Frau betritt die Anlage, zusammen mit zwei Kindern, die sofort schreiend zur Rutschbahn rennen. Die Frau setzt sich auf die Bank, die der junge Typ eben verlassen und die sie zuvor sorgfältig mit dem Handrücken abgewischt hat. Sie öffnet ihre Tasche und zieht eine Strickarbeit heraus.

Eine friedliche, familiäre Szene.

Marie lässt sich Zeit, die Häuser der Anlage entlang genau zu betrachten. Rechts alte Erkerhäuser, wie das, aus welchem Matthias Berg vorhin gekommen ist, wie das, in dessen Erdgeschoss der Obst- und Gemüseladen des Türken liegt. Es sieht so aus, als sei diese ganze Seite der Anlage seit Anfang des Jahrhunderts heil geblieben. Links jedoch eine Zeile moderner Häuser mit Rauchglasfassaden, ein grosses Hotel, geschmückt mit der deutschen Flagge und der Europafahne, blau, mit zwölf Goldsternen.

Zwei Welten stehen sich gegenüber.

Es gäbe so viel zu sehen in dieser Stadt, denkt Marie, und ich sitze hier und warte, ich weiss nicht, auf was.

Sie sagt sich, sie werde bald gehen und Matthias Berg eine kurze Mitteilung in den Briefkasten stecken. „Ich komme heute nachmittag wieder in die Anlage, geben Sie mir ein Zeichen. Marie." Doch es wäre feig, ihm die Initiative zu überlassen. Vielleicht wird er beim Nachhausekommen seinen Briefkasten gar nicht öffnen. Vielleicht wartet er schon seit langem auf keinen Brief mehr.

Es gibt nur eine Lösung, auf ihn zugehen, jetzt, sofort.

Ihre Handflächen bedecken sich mit feinen Schweisströpfchen, die sie wütend betrachtet. Seit einiger Zeit widerlegt die Wirklichkeit oft die Vorstellung, die sie sich von sich selbst gemacht hat: eine tapfere junge Frau, die entschlossen handelt und der auch gelingt, was sie anpackt, das Soziologiestudium, die Freundschaften. Manchmal hat sie den Eindruck, eine Spalte habe sich in ihr aufgetan und sie sei bloss hierhergekommen, weil sie diese zuzuschütten versuche.

Sie weiss, um von der Vergangenheit geheilt zu werden, muss sie sich dem alten Mann nähern, der dort drüben sitzt, ein paar Schritte von ihr entfernt, das Gesicht der Sonne zugewandt, und der jetzt seine Mütze abnimmt und sie neben sich legt. Marie sieht seine schütteren weissen Haare, seine Kopfform.

„Hast du ein Foto von ihm?" Eva antwortete ungestüm: „Ein Foto? Das kann wohl nicht dein Ernst sein." Doch Marie konnte nicht umhin, obwohl sie niemandem etwas davon erzählte, sich einen jungen Mann vorzustellen, gross und blond, sehr schön, arrogant, wie einige Soldaten, die sie in alten Wochenschauen hatte vorbeidefilieren sehen.

Wie soll sie dieses Bild mit jenem hinfällig wirkenden Greis zur Deckung bringen?

Und wenn sich der türkische Lebensmittelhändler geirrt hat?

Dieser Gedanke hat beinahe etwas Beruhigendes. Ja, er hat sich geirrt, und es hat keinen Sinn, diesen Unbekannten anzusprechen. Ich vergeude nur meine Zeit in dieser blöden Anlage. Ich will in der Stadt herumbummeln, nach Spuren der Mauer suchen, unter dem Brandenburger Tor durchgehen und dann Unter den Linden hinaufflanieren, einen Kaffee im Drehrestaurant zuoberst auf dem Fernsehturm trinken, dem Pergamon-Museum einen Besuch abstatten und versuchen, das Berliner Ensemble zu finden, damit ich Bertrand sagen kann, ich hätte das berühmte Theater von Bertolt Brecht mit eigenen Augen gesehen.

Doch sie weiss genau, dass sie erneut auszuweichen versucht.

Dieser Endsiebziger – ja, er ist siebenundsiebzig, da er 1917 geboren wurde –, dieser vogelliebende Rentner ist zweifelsohne der Mann, den die kleine Eva an einem Tag des Jahres 1948 auf der Schwelle der halbzerstörten Wohnung, in der sie mit Beate in Frankfurt lebte, stehen sah.

Stell dir das mal vor, Marie. Ich bin allein in der Wohnung, sofern man das finstere Loch, in dem wir mit einer anderen Frau und deren Kind zusammen wohnten, überhaupt Wohnung nennen kann. Es klopft an der Tür. Ich öffne. Ich bin acht, habe zwei blonde Zöpfe, bin ein kleines, verschüchtertes Mädchen – verschüchterter als ich konnte man gar nicht sein. Beate hatte mir gesagt, mein Vater sei während des Kriegs in Russland gefallen, doch das machte mir keinen Kummer, ich hatte ihn ja nicht gekannt. Vor mir, in der Haustür, steht ein Mann, der mir riesengross vorkommt, er trägt eine zerrissene, alte Uniform, er ist so mager, dass man meinen könnte, unter dem Stoff seien nur noch Knochen, kein Fleisch, nichts als Knochen. Alle waren wir mager und elend in jenen Jahren, doch nicht in dem Ausmass. Und da geht dieser grosse Kerl vor mir in die Hocke und breitet die Arme aus. Was hättest du wohl getan mit acht Jahren? Vielleicht hättest du nicht so Angst gehabt wie ich. Ja, das ist möglich, du hast nie Grund zur Angst gehabt, überhaupt warst du als kleines Mädchen schon so unerschrocken wie Beate ... wie Beate, als es ihr noch gut ging.

Ich aber bin schreiend zurückgewichen.

Er sagte etwas wie: „Hab keine Angst, Eva, ich bin dein Papi." Ich schrie: „Mein Papi ist tot" und wollte die Tür gleich wieder schliessen. Er hat mich aber daran gehindert, ist eingetreten, hat mich nochmals angeschaut, ich erinnere mich noch genau an den Blick, die ganze Traurigkeit der Welt lag in ihm und vielleicht auch ein Vorwurf. Er hätte es wohl gern gesehen, wenn ich ihm um den Hals gefallen wäre, wenn ich ihn einfach so, mir nichts, dir nichts, angenommen hätte ... hatte der sie nicht mehr alle, oder was? Er ist in das

Zimmer gegangen, wo wir schliefen, Beate und ich, und hat sich mit den Kleidern aufs Bett geworfen, ohne das abzulegen, was ihm als Schuhe diente, so etwas wie Holzschuhe mit Stroh darin, ich sehe sie noch heute vor mir. Ich habe meinen ganzen Mut zusammengenommen, mich dem Bett genähert, ihn an einem Arm gezupft und gespürt, da waren wirklich nur noch Knochen. Ich sagte: „Stehen Sie auf, Sie können hier nicht bleiben, das ist unser Bett." Er hat sich nicht gerührt, er schlief bereits.

Ich blieb einen Augenblick stehen und betrachtete ihn, meine Angst schwand allmählich, dafür kam Wut in mir auf. Ein Bett, du kannst dir nicht vorstellen, Marie, was für ein Schatz es war, ein richtiges Bett zu haben. Und dieser Kerl lag ausgestreckt in unserem Bett. Noch immer konnte ich nicht glauben, dass das mein Vater war. Ich dachte, vielleicht ist das ein russischer Deserteur, denn ich war sicher, er würde uns etwas Böses antun, wenn er aufwachen würde. Ich bin in die Küche gegangen und habe so lange gezittert, bis Beate endlich nach Hause kam. Sie kam immer gegen Mittag, und wir assen Kartoffeln, manchmal ein Stück Fleisch. Ich wusste nicht, was sie machte, was für einer Arbeit sie nachging, nur, dass die ihr etwas Geld einbrachte und sie dabei Leuten half, allerdings nicht mehr auf die gleiche Art wie früher, da niemand mehr zu fliehen brauchte.

Als sie mich in der Küche fand, zitterte ich am ganzen Körper, und sie nahm mich in ihre Arme. „Was ist denn los, mein Liebes?“ Ich sagte, sie solle nicht ins Zimmer gehen, weil ein Russe in unserem Bett liege, wir müssten schnell fort, wir könnten hier nicht mit ihm bleiben. Sie ist in das Zimmer gegangen. Als sie zurückkam, war sie bleich, ich hatte sie noch nie zuvor so gesehen, auch früher in den schlimmsten Augenblikken nicht. Sie setzte sich auf den Schemel und sagte: „Das ist Matthias, dein Vater.“ Und dann begann sie zu weinen. Später habe ich mich gefragt, warum. Vor Freude? Nein, bestimmt nicht. Eher vor Kummer, weil dieser Mann ihr nichts mehr bedeutete nach all den schrecklichen Jahren. Sie hatten fast keine Zeit gehabt, sich kennenzulernen, bevor er in den Krieg musste, sie hatten nur gerade ein Kind in die Welt gesetzt, und das bestimmt nicht einmal absichtlich. Das reichte als Bindung nicht aus, schon seit langem wartete sie nicht mehr auf seine Rückkehr. Und wegen ihrer Tätigkeiten im Untergrund wusste Beate schliesslich vielerlei, sie wusste viel mehr Dinge als die anderen Leute über das, was im Osten geschehen war, die Verbrechen, die Hinrichtungen, die Todeslager, all die Greuel. Sie wusste nicht, was er, Matthias, getan hatte oder nicht getan hatte.

Der Kerl, der in unserem Bett schlief, war für sie ein Unbekannter, vielleicht ein Feind. Es hätte ein Wunder gebraucht, damit sie ihn nochmals hätte lieben können. Doch Wunder gibt es nicht. Die beiden haben sich nie aussprechen können. Beate hat mir gesagt, ganz am Anfang, sobald er sich etwas besser gefühlt hätte, habe sie ihm Fragen gestellt.

Er aber habe fast nichts geantwortet. Zwei, drei Dinge über das Gefangenenlager in Sibirien, über die endlose Rückreise, doch über all das, was vorher geschehen sei, habe er sich ausgeschwiegen. So dass Beate allmählich ... doch das mag ich dir heute nicht erzählen.

Natürlich habe ich deine Grossmutter nicht gekannt, Marie, doch Eva hat mir gleich am Anfang unserer Ehe so viel von ihr erzählt, dass es mir vorkommt, als sei ich ihr begegnet. Mehr als zehn Jahre nach ihrem Tod war Eva noch immer wie besessen von ihr. Eigentlich war sie nie wirklich über irgend etwas hinweggekommen, weder über Beate noch über das, was sie zusammen erlebt hatten. Sie war wie eingesperrt in ihre Kindheit, in ihre Jugend, und wollte auch nicht davon befreit werden. Vielleicht hatte sie es versucht, als sie in die Schweiz kam und sich mit diesen Leuten anfreundete, jenem Paar. Das war, glaube ich, ihre letzte Chance, und ich bin zu spät gekommen, alles war schon erstarrt in ihrem Inneren. Wenn sie all das bis zum Überdruss wiederholte, hielt sie oft mitten im Satz inne, sah mich an, als ob sie aufwachen würde, und sagte: „Du kannst das nicht verstehen, mein armer Bertrand." Und sie hatte nicht unrecht, Marie: Wir konnten das beim besten Willen nicht verstehen, weder du noch ich. Was sie uns erzählte, war für uns ganz einfach unvorstellbar.

Ich bin ein Jahr nach ihr zur Welt gekommen, 1941, doch meine Erfahrungen sind so anders als ihre, dass man meinen könnte, wir hätten auf zwei verschiedenen Planeten gelebt. Jedesmal, wenn ich daran dachte, wenn ich daran denke, frage ich mich unweigerlich, warum ich hier zur Welt gekommen bin und nicht anderswo. Warum ich in einem der schönen Parks von Genf ganz ruhig und gemütlich spielte, während Eva und so viele andere Kinder in Furcht und Schrecken lebten. Ich hatte mir diese Fragen schon gestellt, bevor ich Eva begegnet bin, und deshalb wollte ich Geschichtslehrer werden. Um selber den Durchblick zu haben und den Jugendlichen zum Nachdenken zu verhelfen und zur Fähigkeit, sich eine eigene Meinung zu bilden. Das war eine Art Utopie für mich: die Schule im Dienste des Verständnisses und des Friedens zwischen den Menschen. Ich weiss, wir sind weiter davon entfernt denn je, doch das ist kein Grund, die Flinte ins Korn zu werfen, im Gegenteil, nach allem, was geschehen ist, weiss ich, dass ich nicht aufgeben werde.

Vor der Rückkehr meines Vaters ging es uns gut, Beate und mir. Kälte und Hunger, das war nichts Schlimmes. Wir waren zusammen, wir liebten uns, wir hielten einander warm. Ich schlief jeden Abend in ihren Armen ein, und sogar noch im Schlaf spürte ich ihre Anwesenheit.

Er aber hat mir meinen Platz im Bett weggenommen. Man hat für mich eine alte Matratze in die Küche gelegt. Er hat alles in Beschlag genommen, Beate hat sich fast nicht mehr um mich gekümmert. Sie hat ihn mit unglaublicher Hingabe gepflegt. Er war gesundheitlich wirklich schlecht dran, an gewissen Stellen waren die Knochen fast durch die Haut gedrungen, und das verursachte schreckliche blaue Flecken. Beate war nicht angewidert, sie verhätschelte ihn wie ein Baby. Ich aber machte mich ganz klein, war traurig, ging ein paar Stunden am Tag zur Schule. Ich hatte den Eindruck, gar nichts mehr zu sein. Beate arbeitete, lief überall hin, um Nahrung, Medikamente und Stärkungsmittel aufzutreiben. Dank ihr kam er wieder zu Kräften.

Nach ein paar Monaten, ich weiss nicht mehr nach wie vielen, es kam mir sehr lang vor, wurde er endlich wieder gesund.

Von dem Augenblick an begann Beate, sich ... sich zu entfernen. So hat das nämlich angefangen, Marie. Ich war noch ganz jung, doch ich habe diese Veränderung deutlich gespürt. Sie entfernte sich, liess mich zurück, trat Schritt für Schritt in eine andere Welt voller Alpträume ein. Merkte er, der er so mit Arbeiten und Wiederaufbauen beschäftigt war, überhaupt etwas?

Ja, er baute wieder auf, jedermann im Land baute wie besessen wieder auf, und sie, meine Beate, zerstörte sich nach und nach.

Ich sehe sie noch immer vor mir in dem Haus, in welchem wir uns soeben eingerichtet hatten.

Sie irrte von Zimmer zu Zimmer, gleichsam der Schatten ihrer selbst.

Der Krieg war seit mehreren Jahren zu Ende, wir versuchten, nicht mehr daran zu denken. Doch im Inneren der Leute, die jene Jahre erlebt hatten, ging er weiter, Marie, ging er endlos weiter ...

3. Kapitel

Von der Kirche hat es soeben elf geschlagen. Das Glockengeläut hat sich in das ferne Verkehrsrauschen gemischt.

Um die Anlage herum sind die Strassen noch immer fast wie ausgestorben, kaum je ein Wagen, nur dann und wann ein Radfahrer, als befinde man sich in einem anderen oder zu Beginn von diesem Jahrhundert, in der trügerischen Ruhe vor 1914.

Die Mutter und die Kinder sind gegangen, doch es ist niemand anders eingetroffen. Anscheinend pflegen die Leute des Viertels nicht hierherzukommen, vielleicht haben sie gar keine Zeit mehr, sich auszuruhen und ein paar Augenblicke einmal nichts zu tun. Nach wie vor picken Spatzen da und dort herum, auf der Suche nach vergessenen Krümeln. Niemand hat sich an den Fenstern der Häuser gezeigt: Es gibt nichts zu sehen in der Anlage, nur gerade einen alten Herrn auf einer Bank und ein Mädchen in Jeans auf einer anderen. Was zwischen den beiden geschehen könnte, bleibt in der Schwebe, Gewalttätiges oder Zärtliches, wie soll man das wissen.

Ja, denkt Marie, wie würde er wohl reagieren, wenn ich den Mut hätte, jetzt auf ihn zuzugehen – denn das ist vielleicht der letzte Augenblick, er wird bald aufstehen, wird weggehen, nach Hause, und wahrscheinlich wird er den ganzen Tag die Wohnung nicht mehr verlassen. Und ich muss dann hinauf, an seiner Tür klingeln, nachdem ich mich unten über die Sprechanlage gemeldet habe, und was werde ich sagen, was für einen Namen? Den meines Vaters hat er vielleicht vergessen, weil er ihn ja fast nie benutzt hat. Soll ich noch hinzufügen: Ich bin's, Marie. Aber sagt ihm „Marie" überhaupt etwas? Man wird mir nicht aufmachen, ich werde dort auf dem Trottoir stehen bleiben.

Ihr Herz beginnt wie wild zu schlagen, wie jedesmal, wenn sie sich, seit heute morgen, so einfache Handlungen ausmalt wie: das Buch einstecken, die Tasche umhängen, aufstehen, die paar Schritte machen, die sie von der anderen Bank trennen. Und nun habe ich's getan, ich stehe vor ihm, vor Matthias Berg, meinem Grossvater. Er schaut mich von unten nach oben an, er sagt: „Setz dich, seit langem hab ich auf dich gewartet." Ich setze mich, eine geraume Weile bleiben wir beide reglos und stumm.

Marie die Tapfere. Als Kind hat sie vor nichts Angst gehabt, sie wetteiferte mit den Jungen im Wettlaufen, im Wettspringen. Und mit jener Selbstverhöhnung, jener Boshaftigkeit, die sie so oft gegen sich selbst richtete, sagte Eva zu ihr: „Du bist eine richtige kleine Teutonin." Andere Male dann, zärtlich: „Du erinnerst mich an Beate." In den Augenblicken, wenn Eva sie mit

Beate verglich, wusste Marie, dass sie akzeptiert, dass sie geliebt wurde.

Sie hat diese Ähnlichkeit mit Stolz ihre ganze Jugend hindurch getragen. Manchmal dachte sie: Vielleicht gleiche ich ja auch ihm. Niemals, trotz Evas Schilderungen, hat sie ihn hassen können.

Er ist langsam aufgestanden, nachdem er sich die Mütze wieder aufgesetzt und die sorgfältig zusammengefaltete Papiertüte in eine seiner Taschen gesteckt hatte. Er hat wieder nach seinem Stock gegriffen und ist in kleinen Schritten auf Marie zugekommen. Kurz bevor er an ihrer Bank vorbeiging, hat er sie angesehen, doch in seinen Augen von sehr hellem Blau war nichts von dem, was sie gerne gesehen hätte, ein Zusammenkneifen, ein Zwinkern, ein schwaches Leuchten, das ihr ständiges Zögern zerstreut hätte.

Er ist vorbeigegangen, und sie sitzt noch immer auf der Bank mit dem Buch in der Hand. Er entfernt sich, steigt vorsichtig die Stufen zum Trottoir hinunter, er legt langsam die Strecke vom Morgen noch einmal zurück.

Die Anlage ist leer.

Tränen der Wut stehen in Maries Augen.

Nur ein paar Schritte von der Anlage entfernt trifft sie wieder auf das Berlin, wie sie es gestern bei ihrer Ankunft flüchtig gesehen hat. Die breite Strasse mit den bunt zusammengewürfelten Gebäuden, die Leuchtreklamen, die bei Einbruch der Nacht angehen, das riesige Mercedes-Emblem auf dem Dach des Europa-Centers, die Schaufenster mit Waren in Hülle und Fülle, die Konditoreien, die Strassencafés. Ob man will oder nicht, es schieben sich Bilder, die man so oft am Fernsehen oder in Illustrierten gesehen hat, über diese florierende Wirklichkeit: Trümmerhaufen, in denen alte, in ein Umschlagtuch gehüllte Frauen umherlaufen, der sowjetische Soldat, der auf den Reichstag hinaufstürmt, um die rote Siegerfahne zu pflanzen, Kinder, die nach langem Häuserkampf weinend mit erhobenen Armen herauskommen. Und noch weiter zurück in der Zeit das tosende Treiben in den wilden zwanziger Jahren vor dem Hintergrund von Inflation und Elend, die Studios der UFA, die fanatisierten Menschenmengen, die Hitler zujubeln, die Olympischen Spiele von 1936, die in ein gefährliches Propagandainstrument umfunktioniert werden. Was noch? Ach ja, die mächtigen Flugzeuge der Luftbrücke zu einem der kritischsten Augenblicke des kalten Kriegs, Kennedy, der mit seinem amerikanischen Akzent „Ich bin ein Berliner“ ruft, und dann die Soldaten, die fieberhaft Backsteine übereinanderschichten, und vor kurzem die Leute, die durch Öffnungen der Mauer schlüpfen und sich vor Glück weinend in die Arme fallen. Selbst für Marie, die 1970 in Genf zur Welt gekommen ist, ruft diese Stadt eine ganze Vergangenheit voller Tosen und Toben wach, nicht zu umgehen, als schlüge hier das zerrissene Herz des alten Europa hartnäckig weiter.

Sie geht die breite Strasse hinauf in Richtung ihrer Pension, unzufrieden mit sich selbst und der Übelkeit nahe.

Der Fahrstuhl ist schon wieder defekt. Sie steigt die fünf Stockwerke hoch und erreicht die grosse Wohnung, die wie aus einer anderen Zeit zu stammen scheint, mit einem langen Flur und grossen Zimmern, eine Wohnung, die zwei polnische Damen in eine Pension umgewandelt haben. Das Fenster von Maries Zimmer liegt über dem Hof, in welchem sich Lattenkisten türmen, die vom Inhaber der „Old Jack"-Bar im Erdgeschoss gelagert werden, Amerika ist auch hier gegenwärtig mit Hamburgern, Coca Cola, Soft-Eis und Drinks.

Gott sei Dank ist Bertrand noch in der Schule, so dass Marie ohne Schwierigkeit mit ihm verbunden werden kann. Sie berichtet ihm von allem, von der Anlage, von Matthias Berg, zum Greifen nah, von dem langen Tête-à-tête, von ihrer Feigheit. Sie setzt hinzu, dass sie das Gefühl habe, sich selbst verraten und jeglichen Halt verloren zu haben.

Er beschwichtigt sie, und während er spricht, denkt sie, dass er immer für sie dagewesen ist. Schon als ganz kleines Mädchen wusste sie, dass Männerarme zärtlich sein können, dass der Geruch eines Mannes angenehm ist, dass man an einer Männerschulter, selbst wenn man erst zwei oder drei ist, nichts von der Welt zu befürchten hat. Sie spürt einmal mehr, wie sehr sie ihn liebt und dass sie, solange er dasein wird, in Rufweite, in Wärmweite, nie ganz schutzlos sein wird. Nach Evas Tod wurde dank ihm der Schmerz nicht etwa erträglich gemacht, sondern genau am äussersten Punkt, den man nicht überschreiten darf, gestillt, jenseits davon würde man nämlich in etwas Grauenhaftes abgleiten.

Jetzt sagt er ihr und sagt ihr gleich nochmals, sie solle sich keine Sorgen machen, wenn sie wirklich das Gefühl habe, sie könne Matthias Berg nicht ansprechen, dann solle sie es eben sein lassen und spazierengehen, es gebe so viel zu entdecken in Berlin. „Im übrigen war es dumm von mir, ich hätte eigentlich wissen können, dass das für dich zu schwer sein würde, ich hätte dich begleiten müssen."

Worauf Marie sagt: „Es ist meine Schuld. Ich wollte doch gehen, also muss ich da auch durch." Bertrand sagt noch, nichts sei verloren, da sie ja seine Adresse habe, sie werde sicher eine Lösung finden, und einstweilen sei es wohl das beste, in aller Ruhe zu Mittag zu essen. Sie verspricht es: Wenn sie in Verbindung steht mit ihm, erscheint alles immer einfacher, leichter. „Gib Diane einen Kuss von mir", sagt sie noch, ehe sie den Hörer auflegt und denkt, es sei ein Glück, dass sie derjenigen, die bestimmt bald Bertrands Frau sein wird, tatsächlich einen Kuss geben möchte, sie hätte sie ja auch hassen können.

Eigentlich ist in ihr nur sehr wenig Platz für Hass, vielleicht weil es Hass über alle Massen vor ihrer Geburt gegeben hat, auch in Evas Herz, bis zuletzt.

Sie hat im Kranzler zu Mittag gegessen, hat dann einen Bus zum Brandenburger Tor genommen, ist zu Fuss durch einen merkwürdigen Markt gegangen, auf welchem Babuschkas aus bemaltem Holz, Mützen mit dem roten Stern, alte Uniformen und ein paar Stücke von der Mauer, echte oder falsche, verkauft werden. Über unbebautes Gelände, eine Art düsteres Niemandsland, auf dem bald, wie es scheint, riesige Einkaufszentren stehen werden, ist sie dann bis zum Potsdamer Platz gegangen, „Europas belebtestem Platz der zwanziger Jahre“, heute ein grosses, leeres Gebiet, auf dem sich verrostete Flugzeug- und Panzerwracks türmen, ein ganzer Schrottberg, der an die Kämpfe erinnert und auf dem sich etwas weiter weg die armseligen Lager der Stiefkinder der Wiedervereinigung erheben. Dann ist sie zu Fuss bis zur Gedächtniskirche auf dem Ku'damm zurückgekehrt, ein paar Schritte von der Anlage entfernt.

Es ist drei Uhr nachmittags, und sie denkt sich, sie wolle sich ein paar Augenblicke auf der gleichen Bank wie heute morgen ausruhen. In ihrem Innersten steckt die kaum geäusserte Hoffnung, Matthias Berg wiederzusehen.

Da sind sie wieder, die schläfrige Ruhe der Anlage und die Stille nach dem Verkehrslärm, und als Marie die Stufen hinaufsteigt, sieht sie, nicht eigentlich überrascht, dass er dort sitzt, am gleichen Ort, mit Regenmantel und Mütze, die Arme über die Rückenlehne der Bank gebreitet.

Marie setzt sich. Nur ein paar Augenblicke, denkt sie, nur um Atem zu schöpfen.

Ja, als Laurence mir anbot, zu ihr zu kommen, dachte ich, ich würde glücklich werden, denn das kam mir so unverhofft vor, dass ich es kaum glauben konnte. Ich bin ein paar Tage später in die Villa gezogen. Mein Zimmer ging auf die Savoyer Berge hin, und bei klarem Wetter konnte man den Montblanc sehen. Wirklich wie auf einer Postkarte. Christophe, der Mann von Laurence, hat mich freundlich aufgenommen. Am Anfang war er übrigens nicht oft da, er kam spät zum Essen, wenn überhaupt. Anscheinend steckte er bis über beide Ohren in Arbeit, es war Bauboom, in allen Vierteln der Stadt schossen die Häuser wie Pilze aus dem Boden, ebenso die schönen Villen der reichen Ausländer. Ich dachte, der ist wie mein Vater, der interessiert sich nur für die Kohle, und seine Frau ist ihm ziemlich egal. Doch das kam mir ganz gelegen. Ich war froh, mit Laurence allein zu sein, abends. Wir redeten stundenlang, legten Platten auf, sie las mir Gedichte auf französisch vor. Und ich hörte ihr zu, betrachtete sie. Ich liebte sie immer mehr. Es war das erste Mal, dass ich jemand anders als Beate liebte, und das berührte mich seltsam, kann ich dir sagen, ich konnte es fast nicht glauben.

Ich arbeitete ein wenig, sehr wenig. Eine italienische Putzfrau, Antonia, kam dreimal die Woche, Laurence bereitete selber das Essen zu, und zwar sehr gut. Ich wischte Staub, machte einfache Bügelarbeiten, deckte den Tisch, räumte das schmutzige Geschirr in den Geschirrspüler, nahm es wieder heraus und stapelte es im Büfett. Ich machte auch die eine oder andere Kleinigkeit im Garten, doch sie hatten einen Gärtner, der regelmässig kam. Ich ging in die Stadt, um Französischstunden zu nehmen, aber Fortschritte machte ich vor allem dank Laurence.

All das war so schön, dass ich hätte misstrauisch werden müssen. Weshalb? Das wirst du gleich sehen, Marie.

Laurence stellte mir viele Fragen über mein Leben, über den Krieg, doch ich mochte ihr davon nicht erzählen, mir schien, diese stets so traurigen Geschichten mussten sie langweilen. Trotzdem begann ich manchmal zu reden, ich konnte einfach nicht anders. Du siehst, noch jetzt liegt mir der Schrecken tief in den Gliedern, und es gibt Augenblicke, da steigt er hoch und höher, ich stecke noch immer voller Schreie. Der Keller, die schreienden Leute, der zitternde Boden. Und das Einschlagen der Bomben. Ich bin dort, bin ganz klein, begreife gar nichts, ich klammere mich an Beate, drücke mich an sie, halt mich, halt mich fest. Beate zitterte nicht, sie schrie nicht wie die anderen. Sie drückte mich an sich. Eines Nachts, ich erinnere mich, und ob ich mich erinnere, ich war vier, vielleicht fünf, da hat sie laut gesagt: „Das alles haben wir uns selber zuzuschreiben", sie hat den Mut gehabt, das in aller Ruhe zu sagen, und die Leute im Keller haben sie bestürzt, vielleicht auch hasserfüllt angesehen. So war sie eben, meine Beate, zu jener Zeit. Ein einziges Mal habe ich sie weinen sehen, als wir beim Verlassen des Kellers unser Haus zerstört vorfanden, unsere Wohnung, unsere Möbel, all das war nur noch ein rauchender Trümmerhaufen.

Also versuchte ich, nicht allzuviel über meine Vergangenheit zu jammern, um Laurence nicht auf die Nerven zu gehen. Doch wie ich dir schon gesagt habe, sie stellte mir Fragen. Interessierte sie sich wirklich für mich, oder fand sie einfach Spass daran, in mir drin ein verängstigtes kleines Mädchen vorzufinden? Vielleicht eine Art, mich noch fester in ihre Krallen zu bekommen. Später habe ich mich das oft gefragt, doch ich habe keine Antwort darauf gefunden. Eigentlich weiss ich heute noch nicht, wer Laurence war.

Sicher ist, dass wir uns beide wohl fühlten zusammen, im Wohnzimmer vor dem Kamin. Wir hörten das leise Knistern der Scheite, wir schauten in die Flammen, o wie ich das liebte, sie waren schön, die Flammen, und voller Kraft.

Das eine oder andere Mal durfte ich ihr beim Arbeiten im Kelleratelier zusehen. Sie machte sehr schöne Töpfereien, Gefässe, Schalen, Aschenbecher. Sie erfand alles, Form und Motive. Ich setzte mich zu ihr. Ich hätte stundenlang dableiben und ihren langen, feinen, überaus geschickten Händen zusehen mögen.

Was hatte es nur auf sich mit dieser Liebe zu ihr? Ich bin sicher, du verstehst das nicht, Marie, all das liegt dir so fern. Auch ich verstand es nicht, und das machte mir ein wenig Angst.

Am Anfang, ja, mehrere Monate lang, war Christophe, wie gesagt, nicht oft zu Hause. Wenn er zufällig da war, nahm er keine Notiz von mir, er redete wenig, war abwesend, gleichgültig. Er war ein schöner Mann, etwa gleich alt wie Laurence, sportlich, schlank, der Typ Mann, der bei Frauen Erfolg hat, doch nicht so bei mir, ich sah genau, dass er Laurence nicht glücklich machte. Ich fand es ungerecht und empörend, dass ihm seine Arbeit wichtiger war. Seine Arbeit … o wie naiv ich doch sein konnte, ich schäme mich noch immer, wenn ich daran denke. Ein richtiger Backfisch, der nie aus dem Haus gekommen ist.

Alles hat sich ganz langsam entwickelt. Laurence war viel zu intelligent, um die Dinge übers Knie zu brechen, sie hat es so eingerichtet, dass ich nichts begriff und auch die Lunte nicht roch. Zuerst hat sie mir Kleider gekauft, weil ich bei meinem Wegzug aus Frankfurt fast nichts mitgenommen hatte, sie selbst hat sie ausgewählt, und ich habe mir alles gefallen lassen, so glücklich war ich, dass sie sich um mich kümmerte. Dann hat sie mir das Schminken beigebracht und wie ich mich hübscher frisieren konnte, und auf ihr Drängen hin musste ich auch ein wenig abnehmen. Sie hatte recht, ich war zu dick und eher linkisch, als ich in ihr Haus kam. Eines Tages sagte sie zu mir: „Du bist jetzt richtig schön." Das war vor dem Spiegelschrank in meinem Zimmer, ich hatte ein neues Kleid anprobiert, ein schwarzes, ganz einfaches Kleid. Laurence stand hinter mir, ich sah uns beide, und das war vielleicht das erste Mal, dass ich mich selber richtig gern betrachtete. Sie legte ihre Hände auf meine Schultern und ich legte meine Hände auf die ihren, wir standen eine Weile so da, ich war verwirrt, sie aber hatte sich wie immer im Griff. Sie sagte, ich solle dieses Kleid fürs Abendessen anbehalten, und setzte hinzu, Christophe werde heute abend nach Hause kommen und wir drei würden ein kleines Fest veranstalten.

Es war wirklich ein sehr vergnügter Abend, wir haben etwas getrunken, Christophe war gut gelaunt, er redete mehr als sonst. Was mir aber nicht gefiel, also überhaupt nicht, war die Art, wie er mich anschaute, die Art der zu selbstsicheren Typen. Er zog mich mit den Augen aus, ich fühlte mich nackt, unwohl. Am nächsten Tag habe ich einen Pulli und eine Hose angezogen. „Warum?" fragte Laurence. Sie schaute ärgerlich, fast böse drein.

Nach und nach kam Christophe immer früher nach Hause. Oft in dem Augenblick, wenn wir ganz gemütlich im Wohnzimmer sassen, Laurence und ich. Ich sah genau, dass ich für ihn zu existieren begann. Einerseits fühlte ich mich geschmeichelt, andererseits war ich verärgert, weil ich nicht mehr so oft mit Laurence allein sein konnte. Was sich da zusammenbraute, merkte ich noch immer nicht. Ich war eine kleine, dumme Gans, so sagt man doch auch hier, nicht wahr? Dabei hatte ich solches Vertrauen zu Laurence.

Und dann, eines Abends ... Sie hatten mir was zu trinken gegeben, und es war Laurence, die mich zu küssen anfing. Und dann hat sich auch Christophe eingeschaltet ... Aber auch da habe ich nicht sofort gemerkt, was sie wollten und worauf die ganze Sache hinauslief. Ich fand sie liebevoll, es kam mir vor wie ein Wunder, dass sie mich so mochten, vor allem Laurence, die immer so zurückhaltend gewesen war. Was für eine

Idiotin ich doch war, nicht wahr, Marie? Schliesslich habe ich dann doch geschaltet, bin davongerannt und habe mich in meinem Zimmer eingeschlossen. Am anderen Tag hat Laurence mich auf ihre Seite zu ziehen und mir die Sachlage zu erklären versucht. Doch allmählich durchschaute ich das Spiel: Sie selbst hatte alles in die Wege geleitet, von Anfang an, weil es ja nicht die Arbeit war, die Christophe so sehr in Anspruch nahm, sondern seine Freundinnen, seine Geliebten, ich weiss nicht, wie ich sagen soll, aber er war eben ein Schürzenjäger, ein Frauenheld, ein Lebemann. Laurence liebte ihn nach wie vor und war zu allem bereit, um ihn ans Haus zu binden. Ich wollte sofort gehen, doch sie flehte mich an zu bleiben. Sie nahm mich in die Arme, liebkoste, streichelte mich. Und ich gab nach. Eine Zeitlang haben wir dann irgendwie zusammengelebt. Sie überhäuften mich beide mit Aufmerksamkeiten, bestimmt in der Hoffnung, sie könnten mich langsam herumkriegen. Sie hatten gemerkt, dass man mich nicht brüskieren durfte.

Ich habe mich während dieser Zeit gehasst, du kannst dir gar keinen Begriff machen, Marie. Ich schämte mich für meine Schwäche, und zugleich konnte ich mir nicht vorstellen, ohne Laurence zu leben. Ich hatte das Gefühl, ich würde Beate noch einmal verlieren. Schliesslich bin ich mir selbst doch so zuwider geworden, dass ich die Flucht ergriff, wie damals, als ich meinen Vater verliess. Ich sagte mir, es sei nun mal mein Schicksal, immer zu fliehen.

Eines Abends habe ich eine Kneipe hinter dem Bahnhof betreten. Ich hatte fast kein Geld mehr, ich wusste nicht, was aus mir werden sollte. Dein Vater hat sich zu mir an den Tisch gesetzt und mir den Vorschlag gemacht, bei ihm zu wohnen. Zum Glück war er es und kein anderer. Ich war so verzweifelt, dass ich mit dem ersten besten gegangen wäre. Ich hatte sowieso zu niemandem mehr Vertrauen, ich war auf das Schlimmste gefasst.

Kurz nach unserer Heirat hat mir Eva vom Tod ihrer Mutter erzählt, deiner Grossmutter, Marie.

Du musst alles wissen, denn dadurch wirst du besser verstehen, was im weiteren Verlauf geschehen ist. Also, ein paar Jahre nach Kriegsende ist Beate von dem heimgesucht worden, was man Verfolgungswahn nennt. Die Aufenthalte in Nervenkliniken haben sie nicht davon geheilt. Im Gegenteil, ihr Zustand hat sich nach und nach noch verschlechtert. Sie ist immer tiefer in ihre Zwangsvorstellungen, Wahnvorstellungen abgesunken. Sie lebte in Furcht und Schrecken vor ihrem Mann, wie wenn die ganze Angst, die sie während des Kriegs im Zaum gehalten hatte, sie jetzt einholen und sich auf ihn allein konzentrieren würde. Es gab Zeiten, in denen sie seinen Anblick nicht mehr ertragen konnte und ihn beschuldigte, er habe ihren Bruder hinrichten lassen, er habe Juden vergast. Manchmal hielt sie ihn sogar für Hitler. Sie verbrachte ganze Nächte zusammengekrümmt im Bett, die Hände an die Ohren gepresst, und wenn man sie zu berühren versuchte, begann sie zu schreien.

Eva war siebzehn an dem Tag, als sie nach der Schule Beate nirgendwo im Haus finden konnte. Die alte Hausangestellte hatte ihr Verschwinden nicht bemerkt, sie sagte, sie sei eben erst von ihr weggegangen, sie sei auf ihrem Zimmer und nähe. Sie sagte noch, sie mache einen sehr ruhigen Eindruck, sei fast heiter und entspannt, so habe sie sie schon lange nicht mehr erlebt.

Eva aber wurde von panischer Angst erfasst. Da fiel ihr ein, ins Turmzimmer auf der Hinterseite des Hauses hinaufzugehen.

Das Fenster steht offen. Sie lehnt sich hinaus. Ein Blick genügt. Sie rennt hinunter, aus dem Haus und darum herum. Jetzt kniet sie da und küsst Beate, drückt sie an sich, sie ist überall beschmiert von ihrem Blut.

Ich fragte sie, wie ihr Vater reagiert habe. Zunächst sagte sie, er habe nicht mit der Wimper gezuckt, er habe nichts als Gleichgültigkeit an den Tag gelegt. Schliesslich gab sie dann doch zu, dass sie sich nicht mehr erinnere, dass sie die paar Tage nach Beates Tod völlig aus dem Gedächtnis verloren habe. Auch die Begräbnisfeier hatte sie vergessen. Alles weg, nichts als Leere, nichts als Schwärze. Bis zu dem Morgen, als sie sich allein am Frühstückstisch wiederfand und die alte Hausangestellte herbeirief. „Warum hast du Mamas Tasse und Teller nicht aufgedeckt?" Und dann fiel ihr plötzlich alles wieder ein. „Es war so etwas wie Gnade", hat Eva zu mir gesagt, „ohne diese Amnesie wäre ich wahrscheinlich ebenfalls wahnsinnig geworden."

4. Kapitel

Genau in dem Augenblick, als Marie endlich aufsteht, geht eine alte Frau mit kleinen Schritten an ihr vorüber. Sie geht mit Mühe, auf zwei Stöcke gestützt, sie kommt nur langsam und mit so etwas wie unendlicher Geduld oder beharrlicher Resignation voran. Marie steht da, unwohl, und zögert: Ja, sie geht wirklich auf Matthias Berg zu. Er macht ihr lebhafte Zeichen.

Hier in der Anlage wirken die drei wie auf einer leeren Bühne.

Die alte Frau kommt endlich bei Matthias' Bank an. Er nimmt ihr die Stöcke ab, ist ihr beim Hinsetzen behilflich, sagt ein paar Worte zu ihr und hält ihr dabei die Hände. Sie lächelt.

Marie setzt sich wieder. Sie ist erleichtert, aus Feigheit, zugleich aber unruhig bei dem Gedanken, dass die beiden die Anlage vielleicht zusammen verlassen werden. Einmal mehr ist sie allein und machtlos, zwischen einer Zukunft, die sie nicht zum Leben erwecken kann, und einer Vergangenheit, die sie nicht mehr loslässt und die durch Evas Berichte so dramatisiert wurde, dass sie das Gefühl hat, sie sei ein schmerzhafter Teil ihres eigenen Lebens geworden.

Ich hasse sie alle, Marie. Ich hasse die Männer. Schau doch nur, was sie machen seit Anbeginn der Welt. Sie bringen sich gegenseitig um, sie zerstören, sie massakrieren, sie vergewaltigen. Die Frauen erdulden, zitternd vor Angst. Trotzdem werden sie von den Frauen ernährt, gepflegt, manchmal auch geliebt. Die Männer aber denken an nichts anderes, als von ihnen weg in den Krieg zu ziehen oder eine Revolution anzuzetteln, und bei ihrer Rückkehr müssen die Frauen dasein, um sie aufzunehmen, ihnen zu dienen, ihre Heldentaten zu bewundern und mit ihnen ins Bett zu gehen.

Dort draussen, Marie, dort draussen im Osten hatte man ihnen freie Hand gelassen: Tobt euch aus, massakriert, vergewaltigt, plündert, foltert, auch dadurch könnt ihr unserem geliebten Führer dienen. Wer sich zu widersetzen wagte, ist nicht mehr zurückgekehrt. Zwei Kugeln in den Kopf, gnadenlos.

Er aber, mein Vater, ist zurückgekehrt. Ich habe bemerkt, dass Beate seine Hände möglichst nicht ansah. Hat sie sie dann und wann auf ihrem Körper geduldet? Ich habe sie nie danach gefragt, ich habe es nicht gewagt, doch ich bin sicher, dass dem nicht so war, ich bin sicher, dass sie nie mehr mit ihm Verkehr gehabt hat.

Als ich grösser wurde, ging auch ich seinen Berührungen aus dem Weg, im übrigen hat er dergleichen auch gar nicht versucht. Bei Tisch legte er die Hände oft auf die Knie, wie wenn er sie verstecken wollte. Ich sagte mir: weil das Verbrecherhände sind.

Du findest, ich übertreibe? Aber was weisst du denn schon, Marie? In diesem Land kennt man den Krieg nicht. Deshalb habe ich hierherkommen und hier leben wollen. Ich dachte: ein friedliches, sauberes Land, mitfühlende Menschen, hochherzig, stets bereit, den anderen zu helfen.

Und dann habe ich bemerkt, dass man auch hier nicht zögerte zu töten. Auf andere Art. Die Art, die Christophe und Laurence angewandt haben, war nicht etwa brutal, sie war sanft, einschmeichelnd. Bei ihm erstaunt mich das nicht, er war zu allem fähig. Doch bei Laurence? Wie hat Laurence mir das antun können? Ich habe mir später gesagt, dass sie sich damit entschuldigen konnte, unglücklich zu sein. Unglücklich wegen ihm. Achte mal darauf, Marie, wenn eine Frau etwas Niederträchtiges tut, dann fast immer wegen eines Mannes.

Nach dieser Geschichte sah ich nur noch einen Ausweg: sterben, Beate in den Tod folgen. Ich dachte ganz fest daran an dem Abend, als ich deinem Vater begegnete, ich dachte nur an das, und das hat er gewiss gespürt. Bertrand rettet gern Menschen. Er hat mich gepflegt, ohne etwas von mir zu verlangen. Er hat mich gelehrt, dass das Leben nicht nur schrecklich ist. Doch lange bin ich misstrauisch gewesen. Vertrauen wiederherstellen, das braucht seine Zeit. Ich habe ihm viel zu verdanken, doch es gibt Dinge, die wir nie miteinander teilen konnten. Er begriff nicht, warum ich meinem Vater so böse war. Er erteilte mir Lehren über den Krieg, über den Soldatengehorsam. Er, dieser kleine Schweizer, der immer nur auf Zielscheiben geschossen hat …

Marie, ich will dir etwas sagen, das ich noch nie jemandem gesagt habe: Der Hass auf meinen Vater ist wie eine Rüstung, die mich aufrecht hält. Ihn zu hassen ist für mich die einzige Art, Beate zu rächen. Sie ist ein Opfer ihres grässlichen Kriegs, wie Millionen andere. Ich weiss schon, dass sie erst später gestorben ist, doch das ist egal: Sie haben sie eingeholt, sie haben sie gefoltert und haben sie dann von hinten erschossen. Sie werden nie genug dafür büssen.

Ich wünschte, ich hätte sie von dem ganzen Hass, der in ihr war, befreien können, Marie. Ich wusste, dass er sie nach und nach zerstörte, so wie die Krankheit Beate zerstört hatte. Als du zur Welt kamst, dachte ich, sie würde nun zur Ruhe kommen und endlich glücklich werden. Sie hat sich dich gewünscht, weisst du. Wir beide haben uns dich gewünscht. Nach deiner Geburt war sie ein paar Jahre lang eine andere, die wirkliche Eva, die, welche sie immer gewesen wäre, wenn sie anderswo und in anderen Zeiten zur Welt gekommen wäre. Eine liebende, aufmerksame Mutter, nur ein wenig ängstlicher als andere Mütter, denn sie wusste, dass das Unglück nie weit ist, dass es wacht, dass es einen Augenblick der Schwäche oder des übergrossen Glücks abwartet, um zuzuschlagen. Doch nichts Schlimmes geschah. Im Gegenteil. Du wurdest grösser, du warst fröhlich, intelligent, hübsch, gesund. Und ich tat mein möglichstes, damit ihr ein angenehmes Leben hattet. Alles ging gut. Doch dann, nach ein paar Jahren, hat die Vergangenheit sie unbarmherzig eingeholt. Ich habe zu kämpfen, Eva abzulenken, ihr gut zuzureden versucht. Doch sie wurde immer halsstarriger, ich war der arme Tölpel, der nichts von dem Drama, das sie durchgemacht hatte, begriff. An bestimmten Tagen konnte man mit ihr unmöglich über etwas anderes reden als über den Krieg, über Matthias' Heimkehr und über Beate, über Beate, immer nur über Beate. Ihren Heldenmut, ihre Aufopferung, ihr Martyrium. Gleichzeitig fand sie Spass daran, sich schlechtzumachen, sich zu zerstören: Ich bin nichts wert, ich verdiene nicht zu leben, es wäre euch wohler ohne mich, Marie und dir …

Ich war ungeschickt, kurzsichtig. Ich habe zu spät begriffen, dass sie sich nicht das Recht einräumte, glücklich zu sein.

Ein Psychologe hat mir das ganz genau erklärt. Ich hatte ihn aufgesucht, weil ich nicht mehr mit ansehen konnte, wie sie nach und nach absank, allem gegenüber gleichgültig wurde, sogar dir gegenüber, Marie, und wie sie mit Hartnäckigkeit alles abschlug, was sie aus dem fortwährenden Gedankenwälzen hätte herausreissen können. Er sagte: „Das Glück erweckt Schuldgefühle in ihr, als würde sie ihre Mutter verraten."

Ich habe Eva gebeten, ihn doch bitte aufzusuchen. Sie aber hat das nie gewollt. Sie wurde nur wütend: „Hältst du mich für bekloppt, oder was?" Ja, ich weiss, ich hätte nicht lockerlassen dürfen. Doch ich liebte sie, Marie, ich wollte sie nicht zwingen, ich hoffte, mit der Zeit würde die Vernunft schliesslich doch noch die Oberhand gewinnen.

An dem Tag, als es geschah, war sie vergnügt am Morgen, als ich wegging. Ich sagte, ich hätte eine Sitzung mit Kollegen, würde zum Mittagessen nicht zurückkehren, ich küsste sie und sagte „bis heute abend". Sie antwortete „bis heute abend", ganz natürlich, ganz freundlich. Sie begleitete mich zur Tür, und bevor sie sie schloss, sagte sie noch einmal „bis heute abend". Wusste sie es schon zu dem Zeitpunkt, oder hat sie ihren Entschluss erst später gefasst? Fest steht, dass ich keinerlei Misstrauen hegte, ich war ruhig, als ich nach Hause kam, abends, und wie immer freute ich mich bei dem Gedanken, sie wiederzusehen.

Die alte Frau ist eine Viertelstunde, vielleicht auch eine halbe Stunde auf der Bank sitzen geblieben, ehe sie mit Mühe aufgestanden ist. Matthias hat sie ein paar Schritte weit begleitet und ist dann wieder an seinen Platz zurückgekehrt.

Dort bleibt er sitzen, reglos.

In der Anlage werden die Schatten länger. Bald wird der Nachmittag zu Ende sein.

Marie wartet, bis die Frau an ihr vorbeigegangen ist und sich in Richtung Treppe entfernt hat, noch immer mit kurzen, zögernden Schritten, dann steht sie auf. Sie geht auf die andere Bank zu, das Geräusch ihres Herzens, das bis an die Schmerzgrenze hämmert, erfüllt die Stille.

Der Weg ist ganz kurz und zugleich unerträglich lang. Ein Film in Zeitlupe, der gleiche unwirkliche, traumhafte Eindruck. Als sie vor der Bank steht, weiss Marie, dass jetzt die Würfel gefallen sind, dass es kein Zurück mehr gibt. Sekunden, Minuten. Unendlich lang. Irgend etwas wird bestimmt passieren, der stehengebliebene Film wird gleich weiterlaufen. Doch wann?

Die Zeit dehnt sich weiter und immer weiter aus, leer, formlos.

Matthias Berg hat den Kopf gehoben und blickt Marie an.

„Bonjour", sagt er mit heiserer Stimme.

Sie setzt sich, legt ihre Tasche neben sich, verharrt einfach so, unfähig zu reden, unfähig sogar, nach Worten zu suchen, eine Leere im Kopf. Dann aber, weil das Schweigen unerträglich wird, fällt ihr ein Satz ein, einer nur, doch sie erkennt ihre erstickte, ferne Stimme nur mit Mühe.

Ob er denn wisse, wer sie sei?

Sie gleiche ihr, sagt er, sie …

Er atmet schwer. Sie sitzt ganz nah bei ihm, sie sieht Matthias Berg aus nächster Nähe, ihren Grossvater, die blauen Augen, die starken, tiefen Falten, die sein Gesicht wie Narben durchziehen. Das Einatmen fällt ihm schwer, er ringt nach Luft.

Sie gleiche Beate. In ihrem Alter, da …

Die Erschütterung kommt von sehr weit her. Er schweigt eine geraume Weile. Weinen, denkt Marie, ja genau, wir möchten jetzt beide am liebsten weinen, dann wäre alles viel leichter. Doch er hat sich wieder gefasst und fährt fort.

Er habe gehofft, dass sie eines Tages kommen würde. Doch sie habe lange auf sich warten lassen.

Das wisse sie, sagt Marie, sie hätte früher kommen sollen.

Vor fünf Jahren, nicht wahr?

Ja, sagt Marie.

Von ihren blonden Haaren umrahmt, liegt Eva auf dem Bett. Und da schleicht sich in den Schmerz der unangebrachte, absurde Gedanke ein: wie Ophelia. Doch Eva ist nicht ertrunken, sie hat Schlaftabletten geschluckt, ein ganzes Röhrchen Schlaftabletten.

Schliesslich habe sie es doch noch getan, sagt Matthias Berg. Ob sie sie denn darum gebeten habe?

Nein.

Ihr Vater?

Nein, sagt Marie, sie selber habe das gewollt.

Er blickt sie an. Langsam, zögernd legt er eine Hand auf die ihre. Ihre beiden Hände auf der Bank, die von Marie, klein und weiss, unten, die seine oben, eine grosse Hand mit braunen Flecken und hervortretenden Adern.

Schön, sagt er, er sei froh.

Sie auch, sagt Marie.

Ausserdem sei er sehr müde, es sei ein harter Tag gewesen, nicht wahr?

Ja ...

Ein harter Tag für sie beide. Er brauche jetzt Ruhe. Morgen, ja, morgen früh solle sie zu ihm kommen. Sie würden dann miteinander reden.

Er zieht seine Hand zurück, greift wieder nach seinem Stock.

Morgen, Marie. Ob sie kommen werde?

Ja, sagt Marie.

Er steht auf.

Danke, sagt er.

Er entfernt sich. Bevor er die Stufen hinuntersteigt, macht er, ohne sich umzudrehen, ein Handzeichen, indem er die Finger bewegt.

„A demain, grand-père", sagt Marie ganz leise.

5. Kapitel

Sie flüchtet auf ihr Zimmer. Sie wird nicht zu Abend essen, sie wird nichts mehr unternehmen. Sie liegt angezogen auf dem Bett und sieht in Gedanken noch einmal jeden Augenblick der Szene, die sie soeben erlebt hat, Matthias' Hand auf der ihren, sein zögernder Blick, blau wie der von Eva, und jene Geste des Abschieds, ehe er die Treppe hinunterstieg.

Einmal mehr kehrt sie in ihre Kindheit zurück, auf Spuren, die sich nie haben verlieren können.

Als wir zum ersten Mal von dir sprachen, Grossvater, da war ich etwa vier oder fünf Jahre alt. Wir hatten den Sonntagnachmittag bei Maurice und Simone verbracht, Bertrands Eltern. Wir waren auf dem Heimweg. Es war ein schöner Tag. Ich war im Garten umhergerannt, hatte mit anderen Kindern Verstecken gespielt, ich war müde, fröhlich.

Im Auto sass ich wie immer auf dem Rücksitz, mit meinem Bären. Vor mir der Nacken meines Vaters und der von Eva. Sie hatte ihre blonden Haare zu einem dicken Knoten hochgebunden, ein paar Strähnen hatten sich gelöst und flogen im Fahrtwind. Was war bloss in mich gefahren? Ich weiss es nicht mehr. Vielleicht dachte ich an Grossvater Maurice, der mir das Krocketspielen beigebracht und mich hatte gewinnen lassen und dann vorgegeben hatte, es täte ihm leid.

„Und du, Mama, hast du keinen Papa mehr?"

Eva wandte sich unvermittelt um: „Der ist seit langem tot."

„Wie Grossmama Beate?"

Sie hatte mir oft von ihrer Mutter erzählt, und jedes Mal hatte sie geweint.

„Nein", sagte sie nach einer Weile. „Der ist anders gestorben."

Ich wagte nicht weiterzufragen.

Am Abend liege ich in meinem Bett. Eva kommt, um mir einen Kuss zu geben. Sie kniet sich neben mich, nimmt meine Hände in ihre, streichelt sie ganz sanft. „Nein", sagt sie, „mein Vater ist nicht tot. Er lebt noch."

„Wo denn?"

„Dort draussen", sagt Eva.

„Wo denn dort draussen?"

„In Deutschland. Das ist weit, sehr, sehr weit weg."

„Und wie heisst er?"

„Matthias", sagt Eva, „Matthias Berg." Sie küsst meine Hände, eine nach der anderen. Ihre Haare sind offen und fallen ihr über die Schultern. Ich liebe sie. Sie setzt noch hinzu: „Du sollst nicht mehr an ihn denken."

Doch ich konnte nicht anders, ich musste ständig an

dich denken. Matthias Berg. Ich sagte diesen Namen, diesen Vornamen immer wieder vor mich hin. Irgendwo habe ich einen Grossvater, den ich nicht kenne. Er heisst Matthias Berg, er wohnt in Deutschland. Das war mein Geheimnis. Ich erzählte niemandem von dir.

Ich bin lange Zeit über ein sehr glückliches Kind gewesen. Es gefiel mir, die einzige Tochter zu sein, meine Eltern nur für mich allein zu haben, diesen Vater, der mir einen Haufen Dinge erklärte, diese Mama, die viel hübscher war als die anderen Mütter, mit den blonden Haaren, den blauen Augen und dem leichten Akzent, den ich liebte. Natürlich sah ich, dass sie häufig traurig war, doch ich wusste ganz genau, wie ich sie trösten konnte. Ich setzte mich auf ihre Knie, küsste sie, erzählte ihr allen möglichen Unsinn, bis sie zu lachen begann. Auch Bertrand tat sein Bestes, um ihr die trüben Gedanken zu vertreiben, wir waren doch beide da und liebten und beschützten sie!

Ich weiss nicht, wie alt ich war, als sie mir von ihrer Vergangenheit zu erzählen begann, ich war noch ein kleines Mädchen. Diese Geschichte hat all die Jahre hindurch gedauert, sie nahm sie immer wieder auf, fügte immer mehr Einzelheiten hinzu, je grösser ich wurde. Die Bombenangriffe, die Keller, die Angst, der Hunger, und dann deine Rückkehr, Beates Krankheit, ihr Tod. Dein Schweigen. Und euer Beisammensein. Ich meinte, die gedrückte Stimmung bei den Mahlzeiten zu spüren. Ich versuchte, dich mir vorzustellen, bei Tisch, ihr gegenüber.

Evas Berichten zufolge hattest du schreckliche Dinge auf dem Kerbholz. Und du warst hart, gefühllos, du hattest nichts getan, um Beate vor dem Wahnsinn zu retten, denn du warst zu beschäftigt mit Arbeiten, mit Geldverdienen.

Ich aber habe diesem Bild von dir niemals zustimmen können.

Als ich dann gross genug war, gab Bertrand mir hinter Evas Rücken Unterlagen über die Nazizeit und den Krieg. Er wollte, dass ich Bescheid wusste, dass ich nicht in Unwissenheit urteilte. Dadurch erfuhr ich über diese Zeit vieles, was meine Altersgenossen gar nicht interessierte. Der Krieg war für sie etwas Fernes, Abstraktes. Sie wussten fast nichts darüber, nur ein paar schon halb verblasste Erinnerungen von ihren Eltern, die Mobilmachung, die verdunkelten Städte, die Lebensmittelkarten. Für mich aber war er noch immer da, gegenwärtig, er war in mich eingraviert, auch wenn ich erst ein Vierteljahrhundert nach 1945 zur Welt gekommen bin. Beim Lesen der Unterlagen versuchte ich mir eine Vorstellung vom Geschehenen zu machen. Ich entdeckte, dass Beate und ihr Bruder nicht die einzigen gewesen waren, die sich, unter Lebensgefahr, gegen das Regime aufgelehnt hatten. Da waren noch andere gewesen, zum Beispiel die Studenten der Gruppe „Weisse Rose", Sophie und Hans Scholl, die dann hingerichtet wurden. Oder die deutschen Widerstandskämpfer, zum grössten Teil Kommunisten, die man gleich zu Beginn der Herrschaft in Konzentrationslager gesperrt hatte. Da habe ich etwas Wichtiges begriffen, das nicht oft gesagt wird: Die ersten Opfer des Nationalsozialismus sind Deutsche gewesen.

Doch du, Matthias Berg, mein Grossvater? Zusammen mit Bertrand versuchte ich, deinen Lebensweg zu rekonstruieren. Deine Eltern, die beide vor deiner Rückkehr aus der Gefangenschaft starben, waren kleine Kaufleute gewesen, in Köln. Sie hatten ihr Leben lang hart geschuftet, unter schwierigen Bedingungen, Geldentwertung, Arbeitslosigkeit, Wirtschaftskrise. Sie kümmerten sich anscheinend nicht um Politik. Sie wollten ihrem Sohn ein besseres Leben bieten. 1937 warst du zwanzig, und genau in dem Jahr bist du Beate begegnet. Du hattest vor, in die Fussstapfen deines Vaters zu treten, und hattest ein Handelsstudium begonnen. Ihr habt 1939 geheiratet, ein paar Monate vor Kriegsbeginn. Ihr habt nur wenig Zeit miteinander verbracht, und alles aus dieser Zeit, Briefe und Fotos, alles ging verloren, als die Wohnung von einer Bombe zerstört wurde. Als Eva zur Welt kam, warst du bereits einberufen und fort. Im Juni 1941 wurdest du nach Russland entsandt. Genau von dem Zeitpunkt an verwischt sich das Ganze, trennt sich dein Schicksal von dem von Beate und Eva.

Der Krieg, den ihr im Osten geführt habt, war kein Krieg wie andere. Grausam, barbarisch, grenzenlos, als wärt ihr alle verrückt geworden. Krieg sei immer etwas Schreckliches, sagte Bertrand, doch dort sei man zu einer Barbarei zurückgekehrt, die man nicht mehr für möglich gehalten habe. Und zwar auf beiden Seiten. Er sagte auch: Die armen Teufel, die in dieses Gemetzel hineingeraten waren, was blieb ihnen schon anderes übrig?

Was blieb dir schon anderes übrig, dir, Matthias Berg?

Den Befehl verweigern, desertieren ... Tausende, so scheint es, haben das getan. Sie wurden erschossen.

Du aber bist geblieben. Aus Mut? Aus Feigheit? Woher soll man das wissen? Wie soll man darüber urteilen und mit welchem Recht?

Versuch bloss nicht, deiner Mama gut zuzureden, sagte Bertrand, sie hat zu sehr gelitten.

Fest steht, dass ich dich niemals habe hassen können. Ich habe sehr früh begriffen, dass der Hass wie ein Bumerang ist und sich letztlich immer gegen die wendet, die ihn nähren.

Mit neunzehn bin ich während der Sommerferien mit einer Freundin weggefahren. Wir haben Skandinavien besucht, und unser Aufenthalt endete in Kopenhagen. Ich hatte noch nie so viel Freiheit erlebt, so viel Heiterkeit. Wir lachten über jede Bagatelle, Anne und ich. Wir schliefen in einer kleinen Pension, einem Haus mit schmaler Fassade, zwei Fenster pro Stockwerk. Als wir eines Abends zurückkehrten, lag ein Briefchen für mich da, von der Wirtin mit vielen Fehlern hingekritzelt. Zunächst alberten wir noch herum beim Entzifferungsversuch, ja, noch da lachten wir wie zwei Bekloppte. Zu guter Letzt aber begriff ich, dass ich Papa zurückrufen musste, dringend. Er konnte kaum reden am Apparat. Ich habe nicht geschrien, man schreit in solchen Augenblicken nicht, es geht einfach nicht, man ist wie gelähmt, man ist sich selbst wie entfremdet. Ich habe auch nicht geweint. Was er gesagt hatte, stimmte nicht, es konnte einfach nicht stimmen. Ich war wie besessen von der Idee, die Zeit zurückzudrehen, an den Augenblick davor zurückzukehren. Da war ja fast nichts gewesen. Ein paar Sekunden lang eine Stimme in weiter Ferne. Es war nicht möglich, dass es nur so wenig brauchte, um die Welt aus den Angeln zu heben.

Während der ganzen Fahrt blieb ich wie versteinert. „Sprich mit mir", sagte Anne. Sie hielt meine Hände, doch es war so, als hätte man eine Mauer um mich herum gebaut und ich sei darin eingeschlossen. Ich fühlte mich einigermassen sicher dort, vorausgesetzt, ich bewegte mich nicht und redete kein Wort.

Dann Bertrands Schulter.

Ich wollte Eva sehen. Sie lag im Ehebett, sie schien zu schlafen. Und er sagte, stimmt, sie ist eingeschlafen, sie hat nicht gelitten. Er setzte hinzu, sie habe mir einen Brief hinterlassen. Hier ist er, Marie. Der Brief bestand nur aus zwei Zeilen: „Ich habe so lange ausgehalten, wie ich konnte, verzeih mir, Liebling."

Und doch musste alles weitergehen.

Ich weiss nicht mehr, zu welchem Zeitpunkt ich mitten im Schmerz spürte, dass da eine Kraft in mir war, die mich vorantrieb, eine Kraft, ein Instinkt, wie soll ich sagen? Ich wollte leben, mehr denn je wollte ich leben. Und ich nahm mir fest vor, dass das Unglück, was auch immer geschehen mochte, bei mir nicht einkehren würde. Dass Mamas Tod das letzte Glied in dieser Kette von Dramen sein würde. Und ich begriff, dass ich dich finden, dass ich mit dir reden musste.

Als alles vorüber war, hat mein Vater dir geschrieben. Er zeigte mir die Karte, die du geschickt hattest. Ich habe sie behalten, zusammen mit Evas Brief. Das war das erste Mal, dass ich ein Zeichen von dir hatte. Ich betrachtete sie häufig. Auf der Karte hattest du geschrieben: „En profond chagrin avec vous deux, Matthias Berg." Ich sah dich in Gedanken so, wie du mir durch Evas Erzählungen zum ersten Mal erschienen warst: vor der Haustür, die Arme nach ihr ausbreitend, einem kleinen Mädchen mit blonden Zöpfen, das verängstigt davonlief.

6. Kapitel

Eine alte Frau hat die Tür aufgemacht. Sie schaut Marie an. Ihr eckiges Gesicht unter den grauen Ponyfransen zeigt keinerlei Ausdruck.

„Guten Tag", sagt Marie, „ich möchte zu Herrn Berg." Sie setzt hinzu: „Er erwartet mich."

„Treten Sie ein", sagt die Frau.

Der Flur ist eng und dunkel. Es ist eine sehr alte Wohnung. Nur die Fassade des Hauses ist renoviert worden. Innen drin hat man, wie in der Pension am Kurfürstendamm, den Eindruck, man befinde sich im 19. Jahrhundert, in einer starrgebliebenen Welt.

Sie stehen einander gegenüber und sehen sich an. Nichts spielt sich so ab, wie Marie es sich vorgestellt hat. Warum ist Matthias nicht selbst an die Tür gekommen?

Die Frau führt Marie den Flur entlang, weist mit der Hand auf ein kleines Zimmer, ein Wohnzimmer mit altmodischen Möbeln: „Nehmen Sie doch Platz."

Das ist ja wie beim Zahnarzt, denkt Marie. Doch ihr ist nicht zum Scherzen zumute, in ihrem Inneren macht sich Unruhe breit. Sie setzt sich in einen kleinen Lehnsessel aus abgewetzter gelber Seide, die Frau nimmt auf der Couch Platz, ihr gegenüber. Marie bemerkt ihre geröteten Augen.

„Verstehen Sie Deutsch?"

„Ja."

„Es ist etwas passiert", sagt die Frau. „Es ist etwas passiert in der Nacht."

Ganz schnell und leise fährt sie fort: „Er war schon seit Jahren herzkrank, schwer herzkrank. Und letzte Nacht ..."

„Nein", sagt Marie.

„Jeden Morgen brachte ich ihm um acht das Frühstück. Manchmal schlief er noch. Dann weckte ich ihn. Heute habe ich mir keine Sorgen gemacht, ich rief leise seinen Namen, wie immer. Ich habe gerufen und gerufen ... Der Arzt sagte, es müsse früh in der Nacht passiert sein, gegen elf, halb zwölf."

„Nein", sagt Marie noch einmal.

Und dann: „C'est pas possible, une chose comme ça."

Die Frau wischt sich die Augen mit einem grossen gestickten Taschentuch: „Ich sollte nicht weinen. Das wünschte er sich nämlich, im Schlaf hinüberschlummern, auf diese Weise aus der Welt gehen."

Und heftig, als wollte sie der Emotion den Stachel nehmen: „Ich heisse Lena Hartmann, ich stehe seit fünfundzwanzig Jahren in Herrn Bergs Diensten."

Und dann sagt sie noch, leiser: „Er war mein ein und alles."

„Ich will ihn sehen", sagt Marie.

„Sind Sie sicher?"

„Ja, bitte."

Sie ist bereits aufgestanden. Die Szene ist unwirklich, wie an dem Tag, als sie in Kopenhagen Bertrands Stimme am anderen Ende des Drahtes hörte: „Deine Mama, Liebes ..." Sie läuft hinter der Frau her, hinter Lena, Lena Hartmann, durch den Korridor. Das Zimmer ganz am Ende des Flurs ist in Dämmerlicht getaucht, die Läden sind halb geschlossen. Der da auf dem Bett liegt, ist wirklich der alte Mann von der Grünanlage, der alte Mann mit den Vögeln. Mit geschlossenen Augen und auf der Brust gefalteten Händen lächelt er.

Was tun? denkt Marie. Schüchtern legt sie ihre rechte Hand auf Matthias' Hände, fühlt die Kälte, lässt die Hand aber trotzdem liegen. Gestern, vor ein paar Stunden erst, war die Hand, welche die ihre bedeckt hatte, noch warm gewesen. Das ist alles, was ich von ihm gehabt habe, nur das.

„Kommen Sie", sagt Lena.

Und nun sitzen sie sich im Wohnzimmer erneut gegenüber, von Angesicht zu Angesicht.

„Gestern abend", fragt Marie, „wie war er gestern abend, als er nach Hause kam?"

„Ganz gerührt. Er sagte: ‚Wir sehen uns morgen wieder.' Schon am Mittag hatte er mir von Ihnen erzählt, er hoffte, Sie würden am Nachmittag wiederkommen."

„Sie meinen, es war die Aufregung?"

„Ich weiss nicht", sagt Lena. „Woher soll man das wissen? Gestern abend hat er sehr wenig gegessen, wie immer, doch in aller Ruhe. Er schien friedlich und gelassen."

„Hat er weiter nichts gesagt?"

„Doch. Er sagte: ‚Sie kommt morgen, dann wollen wir reden. Sie stellt mir bestimmt Fragen.'"

„Nein", sagt Marie, „ich hätte ihm zugehört, nur zugehört. Aber vielleicht hätte er auch gar nicht reden mögen."

„Mit mir redete er", sagt Lena.

Sie senkt einen Augenblick den Kopf, hebt ihn dann wieder und schaut Marie unverwandt an.

„Er war der beste Mensch auf Erden", sagt sie.

Sie knetet an ihrem grossen Taschentuch herum: „Entschuldigen Sie, aber ich kann jetzt nicht mehr darüber sagen … Ich hoffe, Sie verstehen mich."

„Ich komme wieder", sagt Marie, „ich bleibe in Berlin, ich will hier sein, wenn er …"

„Danke", sagt Lena. „Kommen Sie heute nochmals vorbei, am späten Nachmittag, gegen fünf. Es gibt so vieles, was Sie wissen müssen."

Nach dem Verlassen des Hauses setzt sich Marie auf die gleiche Bank wie tags zuvor. Sie betrachtet die andere Bank, die leersteht, betrachtet die Spatzen, die darum herumhüpfen. Sie beginnt leise zu weinen.

Sie ist eine Stunde auf der Bank sitzen geblieben.

Hat die Tränen fliessen lassen, nicht nur die eines Berliner Vormittags, sondern solche von weit her, die Tränen, die sie die letzten fünf Jahre immer dann zurückgehalten hatte, wenn man ihr von Eva erzählte. Überzeugt, dass niemand ihren Schmerz verstehen könne, bemühte sie sich, ihn für sich zu behalten, gut versteckt. Einzig Bertrand teilte ihn. Monatelang hatten sie wie aneinandergeklammert gelebt, um nicht unterzugehen. Eines Tages schliesslich hatten sie wieder lernen müssen, getrennt zu leben, Bertrand mit seinen Schülern, sie mit ihrem Studium und ihren Freunden. Trotzdem waren die unterdrückten Tränen irgendwo in ihrem Hals geblieben, und es tat so gut, sie jetzt in dieser menschenleeren Anlage hemmungslos fliessen zu lassen.

Gegen Mittag ist sie aufgestanden und Richtung Zoologischer Garten gegangen, wie eine Schlafwandlerin ist sie auf das zugegangen, was ihr inmitten des Stadtgetöses der einzige Zufluchtsort schien, diese mit Bäumen bepflanzte, von ruhigen und traurigen Tieren bevölkerte Fläche.

Sie hat ein Sandwich gekauft, das sie, vor dem Zebragehege sitzend, langsam isst. Die Sonne brennt heiss. Es sind viele Menschen da. Alte Leute, Mütter mit ihren Kindern, ein paar junge Leute, Touristen in Bermudas. Wie in der Anlage steht man auch hier ausserhalb von Zeit und Raum.

Marie betrachtet die Zebras, die Leute, sie isst ihr Sandwich in kleinen Bissen, die sie fast nicht hinunterbringt.

In Gedanken sieht sie wieder ihren Grossvater auf dem Bett liegen, sie sieht Lena ihr gegenüber im Wohnzimmer sitzen.

Die letzten Zeugen, denkt sie. Bald, in spätestens zwanzig Jahren, wird es niemanden mehr geben, der sich noch erinnert. Was geschehen ist, wird man dann durch zunehmend schwächere Berichte erfahren, aus denen sich der Schmerz allmählich verflüchtigt hat. Für meine Kinder wird diese Vergangenheit nur noch ein Stück Geschichte sein, und sie werden gähnen, wenn ich ihnen davon erzählen will, ich, die ich sie ja gar nicht erlebt habe, sie werden gähnen wie Bertrands Schüler beim Durchnehmen des Hundertjährigen Kriegs.

Erinnerung kann nicht weitergegeben werden, denkt Marie, Schmerz kann nicht weitergegeben werden, ebensowenig die Erfahrung, deshalb fängt alles immer wieder von vorne an.

‚Es gibt so vieles, was Sie wissen müssen', hatte Lena gesagt.

Die Zeit verrinnt langsam in der Trägheit dieses sonnigen Frühnachmittags. Trotzdem muss ich bald in die Wohnung zurück. Lena Hartmann wird kommen und mir öffnen, wir werden uns in das altmodische

Wohnzimmer setzen. Ich werde ihr zuhören. Ich werde vielleicht ihre letzte Zuhörerin sein.

Ich wurde 1932 in Danzig geboren. Mein Vater führte ein kleines Lebensmittelgeschäft, meine Mutter half mit und kümmerte sich um den Haushalt. Beide arbeiteten viel. Ich war die Älteste, nach mir kamen noch zwei Kinder, ein Junge und ein Mädchen.

1939 wurde mein Vater sofort einberufen, er hat den Polenfeldzug mitgemacht, und dann kam er einige Zeit nach Hause. 1942 wurde er an die russische Front geschickt, ja, wie Ihr Grossvater. Er aber ist im Winter 42/43 gefallen. Meine Mutter musste allein zurechtkommen. Wir lebten, so gut es ging. Ich half nach besten Kräften, kümmerte mich um die Kleinen. Wir warteten das Ende ab.

Und als es kam, das Ende, war es schrecklich. Die russischen Truppen rückten vor. Mit Tausenden von anderen Leuten haben wir uns im Januar 45 auf den Weg gemacht und alles zurückgelassen, Haus, Möbel, Lebensmittelgeschäft, alles. Sie haben vielleicht von der *Wilhelm Gustloff* gehört. Das ist ein Schiff, das war ein Schiff, auf welches das Regime stolz gewesen war, man hatte es 1937 vom Stapel gelassen, und kurz vor dem Krieg waren einfache Leute und Arbeiter mit ihm auf eine Kreuzfahrt gegangen, die *Gustloff* hatte keine

Klassen, das war eine von Hitlers Erfindungen, um dem Volk weiszumachen, dass er es liebte und nur sein Bestes wollte.

Unglaublich, wenn man sich noch einmal vor Augen führt, wie die Leute darauf reingefallen sind. Einige haben es noch rechtzeitig begriffen, nur einige, nicht viele, es waren nicht genug. Ich erinnere mich noch an manche von ihnen. Ein Pfarrer, er hiess Schneider, wurde verhaftet und hingerichtet. Und dann Elser, der kleine Schreiner Elser. In welchem Jahr das war, weiss ich nicht mehr, zu Beginn des Kriegs, glaube ich. Monatelang hat er an einer Bombe gebastelt, hat sich Stück für Stück das nötige Material besorgt, es gelang ihm auch, sich in einem Lokal einschliessen zu lassen, in welchem Hitler eine Rede halten sollte. Er plazierte seine Bombe mit einem tadellosen Zeitzünder genau am richtigen Ort. Doch an dem Tag verliess Hitler den Ort früher als geplant, als ob er etwas geahnt hätte. Die Bombe ist zur festgesetzten Stunde hochgegangen, hat das Lokal zerstört, Menschen verletzt, vielleicht sogar getötet, doch Hitler war schon über alle Berge. Elser wurde verhaftet, wanderte in ein Konzentrationslager und wurde dann niedergemacht. Ich habe mich oft gefragt, ob er dort, wo er war, gewusst hat, dass er Millionen von Menschen hätte retten können, wenn sein Plan geglückt wäre. Es hatten nur ein paar Minuten gefehlt, ein paar winzige Minuten. Was soll man bloss davon halten? Millionen Leben hingen von ein paar winzigen Minuten ab. Entweder gibt es den lieben Gott nicht, oder der Teufel ist mächtiger als er. Ja, ich glaube, so ist es: Der Teufel schützte jenen Mann. Doch die armen Leute, die überall auf der Welt abgeschlachtet wurden, die hat niemand geschützt, weder der Teufel noch der liebe Gott.

Jaja, die *Gustloff*... Die Leute, die vor den russischen Truppen flohen, waren alte Leute, Frauen, Kinder, fast keine Männer, die waren ja alle im Krieg. Ich war damals noch keine dreizehn, mein Bruder war elf, meine kleine Schwester sieben. Bevor wir am Hafen ankamen, waren wir mehrere Tage, so schnell wir konnten, durch Schnee gegangen und hatten einander zu helfen versucht, die Russen waren hinter uns, dicht auf den Fersen, die Angst verlieh uns gleichsam Flügel. Sie können sich gar nicht vorstellen, wie erleichtert wir waren, als wir uns endlich auf dem Schiff befanden. Am Nachmittag des 30. Januar lief es Richtung Ostsee aus. Man gab uns Suppe, Brot und Matratzen. Es war kalt, auf den Rettungsbooten lag Eis, doch wir schenkten den Rettungsbooten keine Beachtung, wir fühlten uns in Sicherheit auf dem Schiff. Trotzdem zogen wir die Schwimmwesten an, die man uns verteilte. Wir waren eine riesige Schar, mehr als sechstausend Leute. Wohin es ging, wussten wir nicht, darüber machten wir uns nicht einmal Gedanken, wir glaubten, wir seien gerettet, wir würden leben, und das war das Wichtigste, alles übrige würde sich schon geben.

Und dann plötzlich, es war Nacht, hörten wir ein fürchterliches Krachen, wie ein Donnerschlag, gefolgt von zwei weiteren Explosionen. Das Schiff legte sich sofort auf die Seite, die Leute wurden gegeneinander geworfen. Es waren drei Torpedos, die ein russisches U-Boot abgefeuert hatte, wie die Überlebenden später erfuhren. Im ersten Augenblick wussten wir nicht, was geschehen war, die Leute schrien, drängten zu den Rettungsbooten, manche wurden niedergetrampelt, alte Leute und vor allem Kinder.

Wissen Sie, ich sehe das alles noch vor mir, die Zeit vermag daran nichts zu ändern, jedesmal, wenn ich daran denke, habe ich das Gefühl, als sei es erst gestern passiert, als passiere es gerade jetzt. Verzeihen Sie, ich sollte nicht weinen, es hat noch so viel anderes Unheil gegeben. Von unserem ist nie viel geredet worden, Ihr Grossvater sagte, das sei normal wegen all des Bösen, das angerichtet worden sei. Doch die armen Leute auf dem Schiff, was hatten die denn Böses getan? Die meisten waren so unschuldig wie meine Mutter, die ihr Leben lang wie ein Tier gearbeitet und sich nie um Politik gekümmert hatte.

Meine Mutter ... Irgendwann habe ich sie im Gedränge aus den Augen verloren, und mein Bruder war ebenfalls verschwunden. Ich drückte meine kleine

Schwester fest an mich, ich hielt sie mit aller Kraft, doch plötzlich war auch sie nicht mehr da. Und dann fand ich mich ganz allein, ich habe nie erfahren wie, in einem der Rettungsboote wieder. Ich schrie, ich rief, ich schlug wie wild um mich, weil ich zu ihnen wollte, doch ich wurde von den Leuten zurückgehalten. Alle um mich herum schrien. Und vom Boot aus sahen wir dann, wie sich das Schiff ganz auf die Seite legte und im Meer versank. Plötzlich entstand eine schreckliche Stille.

Leute schwammen im Eiswasser und versuchten, sich an den überfüllten Booten festzuklammern. Die Schiffsleute schlugen ihnen auf die Hände, damit sie losliessen. Sie ertranken vor unseren Augen. Es war sehr kalt, ich schlotterte, doch ich gab die Hoffnung noch nicht auf, ich wollte glauben, dass sie sich auf einem anderen Boot oder auf einem Floss befanden, meine Mutter, mein Bruder und meine kleine Schwester.

Doch ich habe sie nie wiedergesehen. Nie.

In der Morgendämmerung hat uns dann ein Schiff aufgenommen.

Später erfuhren wir, dass es tausendzweihundert Überlebende gegeben hatte, dass auf der *Gustloff* allein etwa fünftausend Leute umgekommen waren und dass Tausende von anderen Flüchtlingen das gleiche Schicksal erlitten hatten. Oh, er durfte stolz auf sich sein, unser Führer!

Ich wurde bei Verwandten meiner Mutter untergebracht. Sie wohnten in einem Dorf in der Nähe von Stuttgart, ich hatte nur noch sie. Am 7. Mai 1945 war mein dreizehnter Geburtstag … Es ging mir sehr schlecht, ich fragte mich, warum ausgerechnet ich gerettet worden war und nicht sie, die ebenso zu leben verdienten wie ich. Ich dachte die ganze Zeit an sie, vor allem an meine kleine Schwester. Ich versuchte, mir den Augenblick zu vergegenwärtigen, in welchem ich sie losgelassen hatte, dabei hatte ich sie doch ganz fest gehalten, es gelang mir aber nicht, alles verschwamm mir vor den Augen, ich hatte so etwas wie ein Loch im Kopf. Meine Verwandten waren arm, alle waren wir damals arm, es fehlte uns an allem. Zu Hause hatten wir nur ein Paar Schuhe für zwei, deshalb ging man abwechselnd raus. Jeden Tag erfuhren wir Dinge, die uns beschämten und noch elender machten. Ich ging ein paar Stunden am Tag zur Schule. Einmal hat man uns einen Film über Auschwitz gezeigt. Danach bin ich durch die Gegend geirrt, statt nach Hause zu gehen. Ich wollte sterben. Ich bin lange am Flussufer geblieben und habe das Wasser betrachtet. Doch mit dreizehn stirbt man nicht einfach so. Schliesslich bin ich doch nach Hause gegangen. Fünf Tage konnte ich nichts essen, nichts. Die anderen haben sich nicht beklagt, sie hatten ja etwas mehr zum Beissen.

Und dann habe ich angefangen, meinen Lebensunterhalt zu verdienen. Ich wurde Dienstmädchen, was hätte ich anderes tun sollen, ich hatte ja fast nichts gelernt. Ich bin lange Dienstmädchen gewesen, mal hier, mal dort, bei guten Herrschaften und bei weniger guten. Ich war fast vierzig, als ich Ihren Grossvater kennenlernte. Er konnte einfach nicht mehr in Frankfurt leben und hatte eben seine Fabrik verkauft. In Stuttgart nahm er eine Stelle als Buchhalter bei einem Unternehmen an, in dem er weiterhin hart arbeitete. Er zog in eine kleine Wohnung. Gab eine Anzeige auf, in der er jemanden für den Haushalt suchte. Ich hatte gerade meine Stelle aufgegeben. Und so bin ich in seine Dienste getreten. Seither sind wir nie mehr auseinandergegangen.

Ja, ich habe ihn geliebt. Ob er mich geliebt hat? Ich weiss nicht, wahrscheinlich nicht, wegen seiner Frau, wegen Beate, er dachte ja immer an sie. Doch er ist gut zu mir gewesen, er hat mich nie wie ein Dienstmädchen behandelt, nie. Dank ihm hatte ich das Gefühl, ich würde zu leben beginnen. Nach dem Tod seiner Tochter, Ihrer Mama, wollte er aus Stuttgart fort. Seit langem hatte er mit dem Gedanken gespielt, seine letzten Jahre in Berlin zu verbringen, er war einmal als Kind dort gewesen, 1926 oder 27, und hatte es in schöner Erinnerung. Die Mauer fiel ein paar Monate nach unserem Einzug hier, und so hat er etwas von seinem damaligen Berlin wiedergefunden.

Er arbeitete nicht mehr, zum ersten Mal in seinem Leben ruhte er sich aus. Sie müssen bedenken, er war schon über siebzig und bei sehr schlechter Gesundheit. Sie haben ja gesehen, wie mühsam er sich fortbewegte, das war ihm von der Kriegsverletzung und den Misshandlungen in einem Lager in Sibirien geblieben. Überdies war er herzkrank, wie ich Ihnen ja schon sagte, seit Jahren, doch lange Zeit wollte er gar nichts dagegen tun. Ich glaube, er hatte immer Beate nachfolgen wollen. Er hätte es vielleicht sofort getan, wenn da nicht Ihre Mama gewesen wäre … Und wer hätte gedacht, dass sie ihm später den Rücken kehren würde …

Das alles ist sehr ungerecht, Fräulein Marie, jaja, ich kenne Ihren Vornamen, er hat Sie zwar nie gesehen, doch er redete oft von Ihnen. Er sagte: Sie ist zwei, sie ist fünf …

Ja, das ist alles sehr ungerecht.

All die gemeinsamen Jahre über hat er viel mit mir geredet, er hat mir erzählt, was er erlitten hatte dort draussen in Russland, vielleicht deshalb, weil mein Vater ebenfalls dort gewesen war. Manchmal sagte er: „Dein Vater hat Glück gehabt, Lena, er ist gefallen, so dass niemand Rechenschaft von ihm fordern konnte." Glück, mein Gott, wir hatten alle so sehr gebetet, er möge zurückkommen …

Er sagte: „Siehst du, mein grosser Fehler war eben, dass ich meine Haut retten wollte. Ich war wie besessen von der Idee, nach Hause zu gehen, zu Beate und unserer kleinen Tochter.“ Er sagte: „Lena, manchmal, da packte uns …“ – wie war schon wieder der genaue Wortlaut, ich muss mich besinnen – „da packte uns der Zorn, die Mordlust. Wir hassten die auf der anderen Seite, denn ihretwegen waren wir in dieser Hölle. Dann schossen und schossen wir eben … und wenn wir sie fallen sahen … eine Wut, sag ich dir, Lena, wir waren noch viel schlimmer geworden als wilde Tiere.“ Ja, das sind seine Worte. Auch nach so vielen Jahren spürte man noch, dass er sie nur mit Mühe über die Lippen brachte, sie kratzten ihn im Hals und im Herzen. Er hat mir noch etwas anderes erzählt, vor gar nicht langer Zeit, vor zehn Jahren vielleicht. Es war an einem Abend, wir sassen friedlich beisammen, er trank sein Bier, rauchte seine Pfeife, und ich nähte. Plötzlich, einfach so, sagte er zu mir: „Einmal, Anfang 43, stand ich in einem Wald ein paar Schritte von einem russischen Partisanen entfernt. Er war sehr jung, noch jünger als ich, vielleicht achtzehn. Wir sahen uns ohne Hass an, wie zwei Menschen. Ein paar Sekunden lang vergass ich – und auch er vergass –, warum wir hier waren. Es war einfach eine Begegnung im Wald, an einem sonnigen Morgen. Und dann fiel uns wieder ein, ja, gleichzeitig, dass einer den anderen töten würde und dass doch jeder als erster schiessen wollte. Ich war schneller als er, Lena.“ Und dann fügte er hinzu, ich erinnere mich noch ganz genau an den Satz, er sprach ihn langsam aus, er hatte ihn sich aus tiefstem Herzen abgerungen, er sagte: „Wenn du wüsstest, Lena, wie glücklich ich war, derjenige zu sein, der am Leben geblieben war, wie abscheulich glücklich ich war, dort vor der Leiche dieses Burschen."

Ich glaube, er war erleichtert, als er im Juli 43 in Kursk in Gefangenschaft geriet. Was er dann in den fünf Jahren Lager erlitten hatte, davon sprach er nicht, fast nicht. Nur dann und wann ein Wort. Doch auch das war die Hölle, andere haben ja darüber berichtet. Er nicht. Er dachte vielleicht, er dürfe sich nicht beklagen wegen all der Verbrechen, die von den Deutschen begangen worden waren. Ich weiss nicht. Fest steht, dass er den Krieg nie hat vergessen können, niemals.

Bis zum Schluss war sein Kopf voller Alpträume. Manchmal schrie er nachts. Vielleicht dachte er an diesen Russen, den Partisanen. Eines Morgens, vor gar nicht langer Zeit, sagte er: „Hör zu, Lena, ich habe von ihm geträumt, ich habe die Farbe seiner Augen gesehen: Sie waren grau, wie die von Beate." Und er begann zu weinen, ob Sie es mir glauben oder nicht.

Er hat viel Gutes getan in seiner Umgebung, in Stuttgart und hier in Berlin. Er hat Leuten geholfen. Er war in Friedensbewegungen aktiv, hat an Demonstrationen gegen Neonazis teilgenommen, nachdem es diese Anschläge gegeben hatte, Sie wissen schon, auf die Asylbewerberheime. Ich sehe ihn noch vor mir, wie er mit den anderen über den Ku'damm zog, sein krankes Bein machte ihm zu schaffen, ich sagte, er müsse sich ausruhen und solle das den Jungen überlassen, doch er hörte nicht auf mich: Man muss etwas unternehmen, damit das nicht noch einmal von vorne anfängt, Lena, wir wissen schliesslich, wie das ist.

Ich bin froh, dass er Sie sehen konnte, Marie, Sie erlauben doch, dass ich Sie so nenne, einfach Marie? Er hatte auf Sie gewartet, wissen Sie, ohne wirklich an eine Begegnung zu glauben, doch er musste einfach warten.

Gestern mittag war er ganz erschüttert: „Ich habe sie sofort erkannt, Lena, sie ist Beate wie aus dem Gesicht geschnitten. Ich hätte den ersten Schritt tun sollen. Glaubst du, sie kommt heute nachmittag wieder?" Normalerweise geht er nachmittags nie in die Anlage, nur morgens, zum Füttern der Vögel. Und seine Freude gestern abend ... „Sie ist auf mich zugekommen, Lena, sie ist auf mich zugekommen."

Sehen Sie, nach all dem Kummer ist er doch noch glücklich gestorben, dank Ihnen.

Nehmen Sie diesen Umschlag. Er hat aus seinem früheren Leben nur wenig aufbewahrt. Einzig diesen Umschlag, den er sorgfältig in einer Schreibtischschublade verwahrte, in Stuttgart und dann hier. Eines Tages, ich suchte irgend etwas, habe ich ihn verschoben, ohne böse Absicht. Das war das einzige Mal, dass er mit mir schimpfte. Da habe ich begriffen, dass das, was in dem Umschlag steckte, nicht für mich bestimmt war. Sondern für Sie, ja, es ist für Sie bestimmt.

„Danke“, sagt Marie.

Während Lenas Bericht ist es Abend geworden. Es ist jetzt fast dunkel in dem kleinen Wohnzimmer. Lena steht auf und zündet die Deckenlampe an, deren Schirm gelb ist wie die Sessel.

„Sie mögen doch bestimmt etwas mit mir essen, oder?“

Allein im Wohnzimmer, tritt Marie ans Fenster. Die Anlage ist ein dunkler Fleck in der Mitte des Platzes. Man kann die Bänke nicht mehr erkennen, auch die Spielecke nicht, dafür undeutlich die Umrisse der Bäume, die sich unmerklich bewegen. Die Fenster der neuen Häuser gegenüber sind erleuchtet, ein paar Autos fahren mit herabgesetzter Geschwindigkeit vorüber, zwei Taxis warten vor der Hoteleinfahrt. Matthias Berg hat das alles wahrscheinlich oft betrachtet, abends, während Lena das Essen zubereitete. Woran dachte er? Grübelte er über seine alten Leiden nach, erinnerte er sich noch an Beate, an Eva, versuchte er, sich sie, Marie, vorzustellen? Hing er an Lena, und wie sehr? Später, denkt Marie, später muss ich mich an jedes Wort von ihr erinnern, wie schade, dass ich die

Worte nicht habe aufnehmen können, ich wollte, ich könnte sie mir so lange anhören, bis sie sich mir eingeprägt haben, bis ich – in meinem Inneren – diesen Mann vielleicht nachbilden kann, wie er wirklich gewesen ist.

„Es ist angerichtet“, sagt Lena in der Tür.

Sie sitzen in einem Esszimmer, das Marie ein wenig an jenes erinnert, das sie sich aufgrund von Evas Berichten vorgestellt hat, ein ganz strenges, trauriges Zimmer, jenes, in welchem Vater und Tochter jahrelang ihre Mahlzeiten einnahmen, alle beide nicht imstande, die Worte zu finden, die das Schweigen gebrochen und die Last der Erinnerungen endlich verringert hätten.

„Er ist am Vormittag abgeholt worden“, sagt Lena, „das Begräbnis findet übermorgen statt.“

„Ich werde da sein.“

Sie essen ohne Appetit, finden ebenfalls keine Worte, blicken sich dann und wann an, lächeln einander zu. Sprachen die beiden beim Essen miteinander? fragt sich Marie. Und was erzählten sie sich? Erst jetzt bemerkt sie, dass Lena schön gewesen sein musste mit ihren braunen Augen, dem breiten, friedlichen Gesicht und dem fleischigen Mund, auf welchem die Jugend etwas Geniesserisches, Grosszügiges zurückgelassen hat.

Ich bin froh, dass sie ihn geliebt hat, denkt Marie.

Später kehren sie in Matthias' Zimmer zurück. Das Bett ist tadellos gemacht, die weissen Laken straff gezogen, das Kissen aufgeschüttelt, als wäre dieser Abend ein Abend wie jeder andere.

„Wenn ich nicht gekommen wäre, dann ...“, sagt Marie mit gepresster Stimme.

„Das bleibt dahingestellt, seien Sie ganz unbesorgt.“

„Ich hätte auf ihn zugehen sollen, sofort, statt zu warten. Die Spannung muss unerträglich gewesen sein für ihn. Aber auch ich war vollkommen fertig.“

„Ich habe Ihnen doch schon gesagt, dass er sich den Tod herbeiwünschte. Angenommen, Sie waren der Grund, so hätten Sie ihm damit ein Geschenk gemacht.“

„Ich hätte ihm gerne ein anderes gemacht“, sagt Marie, „ich habe viel an ihn gedacht, und das hätte ich ihm sagen wollen.“

„Jetzt weiss er es.“

Marie ist von ihrer Reaktion überrascht, als sie sich plötzlich an Lenas Brust wiederfindet, den Kopf an ihrer Schulter, von mütterlichen, beruhigenden Armen umfasst, wie es die von Eva nie gewesen sind.

„Ich bin sicher, er weiss es, Marie, weinen Sie nicht.“

7. Kapitel

Es sind nur wenige Leute in der Kapelle: Lena in Schwarz, eine alte Dame, die Marie als die Besucherin aus der Anlage wiedererkennt, zwei sehr alte Herren, mager alle beide, jeder hat einen Stock mit Knauf neben sich liegen. Der Pfarrer hingegen ist jung, blond, mit Bürstenschnitt. Er redet schnell, mit starkem Berliner Akzent, so dass sich Marie anstrengen muss, um ihn zu verstehen. Ein Organist spielt Bach-Choräle. Fahles Licht sickert durch die matten Scheiben.

Der Pfarrer hat für seine Predigt einen Vers aus dem Matthäus-Evangelium ausgewählt: „Und fürchtet euch nicht vor denen, die den Leib töten, die Seele aber nicht töten können." Er will sagen, dass in einem von der Gewalt gebrochenen Körper wie dem von Matthias Berg die Seele unversehrt geblieben ist, dass weder Krieg noch Misshandlungen sie haben töten können. Und der Schmerz? fragt sich Marie. Zerstört der Schmerz die Seele nicht ebenso wie den Körper?

Sie sieht noch einmal die Begräbnisfeier vor fünf Jahren vor sich. Sie hielt die Hand ihres Vaters. Sie weinten nicht, weder er noch sie, ihr Schmerz lag weit jenseits der Tränen. In mir waren lauter Schreie, unterdrückte, erstickte Schreie, die später wohl oder übel raus mussten, ich fuhr weg, ich ging über Land, weit weg, dort, wo mich niemand hören konnte, ich schrie, ich brüllte, und auf dem Heimweg hatte ich den Eindruck, ich hätte einen winzig kleinen Schritt auf das Leben zu gemacht, auf mein Leben ohne sie.

Hier ist alles ruhig. Lena weint nicht. Sie benimmt sich demütig, zurückhaltend. Seit mehr als zwanzig Jahren lebt sie im Schatten dieses Mannes, ohne anderes Verlangen als das, ihm zu dienen und ihn zu lieben, denkt Marie, und plötzlich sieht sie in dieser Kapelle wieder das hasserfüllte Gesicht vor sich, das Eva jeweils bekam, wenn sie von ihrem Vater sprach. Und es wird Marie klar, dass sie dieses Gesicht vergessen wollte, sie wollte um keinen Preis etwas von ihm wissen, als läge es aus Versehen auf dem überaus lieben Gesicht, das sie geliebt hatte.

Der Pfarrer breitet die Arme aus. Die Orgel setzt wieder ein. Die drei alten Leute haben Mühe beim Aufstehen. Lena tritt zur Seite, doch Marie gibt ihr zu verstehen, sie solle nur vorgehen. Danke, sagen Lenas Augen.

Am offenen Grab hat der Pfarrer das Vaterunser gesprochen, dann wird der Sarg langsam in die Erde gesenkt. Marie legt die Hand auf Lenas Schulter. Die alte Dame aus der Anlage weint. Die zwei Männer halten sich sehr aufrecht, völlig bewegungslos, fast in Habachtstellung, und versuchen, sich nicht auf ihre Stöcke zu stützen.

Beim Friedhofsausgang kommen die beiden und umarmen Lena und drücken Marie die Hand, dann kümmern sie sich um die alte Dame, indem sie sie beidseitig stützen. Sie entfernen sich alle drei mit kurzen Schritten.

In die Wohnung zurückgekehrt, spricht Lena verlegen von einem Testament, das Matthias zu ihren Gunsten aufgesetzt habe, fügt aber hinzu, dass er trotzdem eine gewisse Summe für seine unbekannte Enkelin vorgesehen habe. „Ihm lag viel daran, wissen Sie, er sagte, dadurch würden Sie sich eine Zeitlang an ihn erinnern." Marie sagt unverzüglich, sie wolle nichts, nur diesen Umschlag, ja, sie lege Wert auf diesen Umschlag, doch kein Geld, bloss kein Geld. Sie habe nichts für ihren Grossvater getan, nie habe sie etwas für ihn getan, sie habe ihn nur einen ganzen Tag lang von weitem betrachtet, vor Schüchternheit und Angst wie gelähmt.

„Nicht einmal zu Weihnachten habe ich ihm je geschrieben", sagt sie.

Als Kind hatte sie manchmal Lust dazu gehabt. Doch sie hatte nie gewagt, Eva davon zu erzählen. Und später, nach ihrem Tod, hatte sie sie nicht verraten wollen. Kurz und gut, sie hatte fünf Jahre gebraucht, bis sie den nötigen Mut besass, sich ihr zu widersetzen. Und dadurch hatte sie sich endlich von dieser Abhängigkeit losreissen können, die sie die ganze Kindheit und Jugend hindurch so stark gespürt hatte. Im übrigen, denkt Marie, hat die Symbiose, in der wir beide lebten, sie ja nicht daran gehindert, mich zu verlassen. Und zum ersten Mal: Wie hat sie mir das bloss antun können, wo ich sie doch noch so nötig hatte? Wie konnte sie nur? Sie schliesst die Augen, so heftig ist der Schock dieses lange verdrängten Gedankens.

Wie zu ihrer Abwehr beginnt sie wie ein Wasserfall zu reden, was gar nicht zu ihr passt. Vom Flugzeug, das morgen früh abfliegt, von Bertrand, der auf sie wartet, von Diane, von ihrem Studium.

„Sie müssen uns besuchen in Genf."

„Ich bin noch nie aus Deutschland herausgekommen", sagt Lena.

„Dann erst recht. Wir werden Ihnen die Stadt zeigen, mein Vater und ich, wir werden Sie ein wenig verwöhnen."

„Wozu?"

Die Sätze, die Marie einfallen, sind so läppisch, so schwülstig, dass sie sie gar nicht erst ausspricht.

„Um Ihnen zu danken", sagt sie.

„Wofür?"

„Für alles, was Sie getan haben."

„Ich habe nichts getan", sagt Lena, „ich habe ihn nur geliebt."

„Eben. Und dafür danke ich Ihnen."

Lena wiederholt, was sie bereits am ersten Tag gesagt hat: „Er war mein ein und alles."

Leise setzt sie hinzu: „Bis ich ihm begegnet bin, habe ich niemanden im Leben gehabt. Nur Fremde, die mir Befehle gaben. Er selbst hat nie befohlen, nie. Schon in den ersten Tagen sagte er: ‚Würden Sie so lieb sein, Lena ... bitte, Lena', und das war nicht nur Höflichkeit, das war Güte, Liebenswürdigkeit ... Wie hätte ich ihn da nicht lieben können?"

„Und jetzt, Lena?"

„Ich will noch eine Weile in der Wohnung hier bleiben mit meinen Erinnerungen. Dann werde ich weitersehen. Fest steht, dass ich nie mehr heim könnte, nach drüben, nach Danzig, Gdansk, meine ich. Die Polen werden Gott weiss was mit unserem Lebensmittelgeschäft angestellt haben."

Als sie an der Anlage entlanggeht, betrachtet Marie ein letztes Mal die leeren Bänke.

Der gelbe Umschlag enthält drei kleinere, zerknitterte Umschläge sowie eine Fotografie, die Marie vor sich auf den Tisch legt, ohne sie zu betrachten. Es kostet sie grosse Überwindung, sich gleichsam voyeuristisch in Matthias Bergs Leben einzuschleichen. Trotzdem weiss sie, dass sie sich weit zurückversetzen muss, in eine ferne Zeit, 1938 besagt das Datum des Poststempels. 1938, zwei Jahre vor Evas und zweiunddreissig Jahre vor ihrer Geburt. Wirklich vorsintflutliche Zeiten. Marie dreht das Foto um, mit der Vorderseite zur Tischplatte, sie wird es erst dann anschauen, wenn sie die Briefe zu Ende gelesen hat.

Der erste, vom 25. Juni datiert, ist nach Wien adressiert, er ist mit „Deine Beate“ gezeichnet, wie die anderen auch. Die Schrift ist fein, regelmässig, noch von der deutschen Schrift geprägt, schwer zu entziffern, denn die Tinte ist verblasst.

Liebster, diese erste Trennung ist härter, als ich gedacht hatte. Ich hoffe, es geht Dir gut, die Stadt gefällt Dir und Dein Onkel und Deine Tante sind wohlauf. Sind sie froh, jetzt zu Großdeutschland zu gehören? (Diesbezüglich erwarte ich natürlich keine Antwort von Dir.) Bist Du in den Prater gegangen, und hast Du das Riesenrad gesehen? Und in die Oper? Und nach Schönbrunn? Ich freue mich schon, nächstes Jahr, wie Du mir versprochen hast, mit Dir dorthin zurückzukehren, wenn wir dann verheiratet sind. Du kannst Dir gar nicht vorstellen, mit was für Ungeduld ich auf den Tag warte, da ich Dich nicht mehr verlassen werde, und auf all das Glück, das ich mir für Dich und für mich von unserem gemeinsamen Leben erhoffe. Du fehlst mir ständig, und ich merke, daß ohne Dich nichts mehr einen Sinn hätte.

Ich tue mein möglichstes, um mich zu beschäftigen. Mama bringt mir neue Rezepte bei, und ich freue mich schon, sie auszuprobieren, wenn wir dann eine eigene Wohnung haben. Mama sagt, ich sei keine Leuchte im Kochen, doch ich bin sicher, daß ich es zu gegebener Zeit ebensogut (oder besser?) wie sie oder Verena kann. Aus Liebe gelingt einem selbst so Schwieriges wie feine Knödel ... Sei umarmt, Liebster. Komm bitte bald zurück.

Auf dem zweiten Umschlag steht eine merkwürdige Adresse, wahrscheinlich Feldpost. Er ist vom Oktober desselben Jahres datiert:

Mein inniggeliebter Matthias, wir alle hier haben einen solchen Schreck bekommen.

Hat wirklich Kriegsgefahr bestanden? Mama und ich wollten das einfach nicht glauben, Papa war pessimistisch und sagte, der Führer werde um keinen Preis auf die Sudetengebiete verzichten. Ich dachte an Dich, ich habe inständig gebetet. Du hättest als einer der ersten einrücken müssen, so etwas darf man sich gar nicht erst vorstellen. Wie schrecklich der Krieg doch ist ... Mama erinnert sich noch an den letzten, der gar nicht so weit zurückliegt, kaum zwanzig Jahre, und er hat Millionen von Toten und großes Elend hinterlassen. Zum Glück sind wir jetzt wieder außer Gefahr. Die Engländer und Franzosen haben unseren Standpunkt anerkannt, und der Führer hat versichert, keine weiteren Forderungen zu stellen. Die Zukunft meint es nach dieser drohenden Gefahr wieder gut mit uns. Und unsere Hochzeit kommt näher. Der 16. Februar 1939 ist nicht mehr fern, doch ich bedaure, daß wir beschlossen haben, bis dann zu warten. Ja, ich weiß genau, daß das in Anbetracht der Umstände das Vernünftigste war, Mama wiederholt es mir Tag für Tag. Doch kann man vernünftig sein, wenn man so liebt, wie ich Dich liebe?

Trotzdem nehme ich mein Ungemach mit Geduld hin, indem ich Deine letzten Briefe immer und immer wieder lese, sie sind so voller Mut, Hoffnung und Liebe. Jetzt, da die Besorgnis vorüber ist, weiß ich, Liebster, daß wir ein harmonisches Leben führen werden, so wie wir es uns beide gewünscht haben. Ich habe ja viel Zeit zum Nachdenken, und die lasse ich mir nicht nehmen. Willst du das Ergebnis meiner Überlegungen wissen? Na gut: Wohin man auch blickt, so sieht man, daß es leider nur wenige Paare gibt, die das Ideal, das sie zur Zeit ihrer Hochzeit hatten, auch wirklich in die Tat umsetzen können. Woran das liegt? Ich glaube daran, daß jeder sich vorgestellt hat, die Hochzeit sei ein Endpunkt. Natürlich ist sie einer, und zwar ein sehr schöner, doch sie ist auch der Anfang von etwas, das man zu zweit gestalten muß, wobei man sich gleichzeitig selbst gestalten muß. Mit anderen Worten: Ich würde sagen, in einer Ehe muß jeder zu wachsen und dem anderen beim Wachsen zu helfen versuchen. Was hältst Du davon? Abgesehen davon hoffe auch ich, daß wir viele Kinder haben werden, wenn auch nicht zu viele, ich will, daß mir noch Zeit für Dich bleibt und daß Du auch welche für mich hast.

Manchmal scheint mir, ein einziges Leben sei zu kurz, um all die Liebe zu fassen, die ich für Dich empfinde. Gute Nacht, Matthias, ich denke an Dich und umarme Dich.

Der dritte Brief ist vom 18. Dezember 1938 datiert:

Ich weiß nicht, wie ich dem Glück, Dich nach so langer Zeit wiedergesehen zu haben, Ausdruck verleihen soll, Liebster. Es kommt mir schon wie ein Traum vor. Hast Du mich auch wirklich umarmt? Ich habe mir das während unserer Trennung so oft vorgestellt, daß ich nicht glauben kann, daß es wirklich geschehen ist. Ich denke an Weihnachten, das vor der Tür steht, wie traurig, daß wir da nicht zusammensein können, doch es wird noch andere Weihnachten geben, viele andere, Du glaubst das doch auch, nicht wahr? Und dennoch hast Du besorgt und unruhig auf mich gewirkt. Du hast das zwar abgestritten, doch allmählich kenne ich Dich ganz gut. Du mußt Vertrauen haben, Matthias. Niemand will den Krieg, niemand hat die schrecklichen Lehren des letzten Kriegs vergessen, und der Führer sagt ja auch immer wieder, daß er nur unser Bestes will. Er weiß besser als irgend jemand sonst, daß Krieg nur Leid und Verzweiflung nach sich zieht …

Doch ich will auf dieses Thema nicht näher eingehen, das ist zu traurig. Ich gehe oft in unsere zukünftige Wohnung, trage Wäsche und Kleinigkeiten hin. Ich bin vor Freude außer mir, wenn ich denke, daß wir dort bald zusammen wohnen werden. Mama sagt, ich würde Fortschritte machen und es vielleicht doch noch zu einer guten Hausfrau bringen.

Du weißt, sie macht nicht oft Komplimente, da werfe ich mich eben in die Brust und bin ganz stolz. Gestern ist mir ein Apfelkuchen gelungen, der (beinahe) ein Meisterwerk war. Wir haben unsere Nachbarin eingeladen. Zuerst hat sie

Verena gelobt und war dann ganz verblüfft, als Mama sagte, ich hätte ihn gebacken. Mama hat dann noch gesagt: „Matthias hat unsere Beate völlig verwandelt.“ Seit langem ist sie nicht mehr so nett zu mir gewesen, aber ich muß sagen, daß auch ich mir Mühe gebe und daß unsere Hochzeitspläne uns einander wieder nähergebracht haben. Sie sagt manchmal lachend (doch ich bin nicht sicher, ob es ihr dabei ums Lachen ist), daß ich eine Art Abenteurerin geworden wäre, wenn ich Dich nicht kennengelernt hätte. Denkst Du das vielleicht auch?

Liebster, ich zähle die Tage bis zum 16. Februar. Das tun die Gefangenen auch, wie es scheint. Doch ich bin Gott sei dank frei wie der Vogel in der Luft und liebe Dich aus tiefster Seele. Wenn ich daran denke, daß ich bald mit „Deine Frau“ unterschreiben kann ... (aber hoffentlich werde ich keine Gelegenheit dazu haben, denn wir werden nie mehr getrennt sein, nicht wahr?). Einen ganz zärtlichen Kuß auf die Schläfe, das liebst Du doch so.

„Scheisse“, sagt Marie, indem sie den dritten Brief hinlegt, „Scheisse und nochmals Scheisse.“

Sie geht im Zimmer umher, schlägt mit der Faust planlos auf Dinge ein, auf den Schrank, einen Stuhl, das Kissen. Sie weiss nicht recht, auf wen sie eine solche Wut hat. Nur auf Hitler? Nein, das wäre zu einfach. Auch auf die, die das alles geschehen liessen, aus Naivität oder Eigennutz, die nicht begriffen, was geschehen würde, oder die es nicht sehen wollten. Auf die, die nicht versuchten, den Diktator zu töten. Und auf die paar Mutigen, die es versucht und ihr Ziel nicht erreicht haben, dabei ist die Weltgeschichte doch voll von geglückten politischen Morden. Ja, sie ist selbst auf Elser böse, jenen Schreiner, von dem Lena erzählt hatte. Er hätte voraussehen müssen, dass die Bombe ein paar Minuten früher explodieren müsste. Selbst auf Maurice Bavaud, den jungen, wirklichkeitsfremden Schwärmer aus Neuenburg, der nach Deutschland kam, um Hitler zu töten, und der in einem Zug verhaftet wurde, weil er keine Fahrkarte hatte. Und vor allem auf die Generalstabsoffiziere, Stauffenberg und die anderen Verschwörer, die bis Juli 44 warteten und dann ebenfalls scheiterten. Doch vielleicht hat Lena recht, unheilvolle Mächte schützten jenen Mann und haben erst im letzten Augenblick von ihm gelassen, viel zu spät. Und Gott bei all dem, sofern es ihn überhaupt gibt? Den Allmächtigen nennt man ihn, doch er hat nichts verhindert, die Leben wurden kaputtgemacht, die Unschuldigen verbrannt, gefoltert, massakriert, er hat alles geschehen lassen, konsequent, bis zum absoluten Grauen.

Marie bleibt stehen. Sie wird über Gott nachdenken, sich dafür die Zeit nehmen müssen, bis jetzt hat sie sich mit gängigen Meinungen zufriedengegeben, nichts Originelles und Tiefes. Ja, Gott und das Böse, da hat sie ein schönes Thema zum Nachdenken.

Später. Jetzt brummt ihr der Schädel, ihr Herz kann sich kaum noch beruhigen, und Tränen bleiben ihr im Hals stecken.

Sie setzt sich wieder an den Tisch, dreht die Fotografie um. Zwei Köpfe, nah beieinander, von einem Berufsfotografen sorgfältig vor einem gemalten Hintergrund mit romantischer Landschaft aufgenommen. Beate trägt einen weissen Schleier auf ihrem braunen Haar. Ihr ovales Gesicht, das in der Tat eine erstaunliche Ähnlichkeit mit dem von Marie aufweist, ist ruhig, glücklich. Ihre hellen Augen lächeln ins Objektiv, in die Zukunft, in jenem Monat Februar des Jahres 1939, ein paar Wochen vor der Annektierung Böhmens und Mährens.

Und er? Matthias Berg lächelt nicht, er sieht ernst drein. Er trägt die Haare kurz und glatt nach hinten gestrichen. Seine rechte Hand, zärtlich und schützend zugleich, umschliesst Beates linke Hand. Sein Blick ist nicht auf den Fotografen gerichtet, sondern schweift weit in die Ferne, und jetzt, da man es weiss, kann man darin Anzeichen von Ungewissheit und Besorgnis erkennen, die einen Gegensatz zum stillen Glück der jungen Frau bilden. Er ist schön, wie gewisse jugendliche Liebhaber aus den Filmen der Vorkriegszeit. Marie schliesst die Augen, sieht wieder den alten Herrn am Stock vor sich, der langsam die Grünanlage durchquert, sich auf eine Bank setzt, die Papiertüte öffnet und Brosamen verstreut, während die Spatzen um ihn herum lärmen.

Durchs Fenster ein letztes Mal, unendlich weit, Berlin mit seinen Gebäuden und Grünflächen bis zur Horizontlinie, wie ein Meer. Dann wird es von blaugrauem Dunst verwischt. Unter dem Flugzeug bleiben nur noch dicke, reglose Wolken zurück.

Eine Stewardess geht durch den Mittelgang, bietet Zeitungen auf französisch an. Marie schüttelt den Kopf. Noch nicht. Sie weiss schon, in ein paar Stunden, wenn sie ihren Fuss dann auf den Boden des Genfer Flughafens setzt, kommt ihr der Aufenthalt unwirklich vor, trotz seiner Erlebnisdichte, oder gerade deswegen. Zuviel Ereignisse, zuviel Aufregungen, zuviel Vergangenheit in zu kurzer Zeit. Sie hat den Eindruck, als habe all das sich ihr nicht wirklich eingeprägt, als könnte sie es jeden Augenblick wieder verlieren. Wie soll sie es zurückhalten? Morgen wieder Bertrand und Diane, die Vorlesungen, die Freunde, ihre Einzimmerwohnung, ihre Musik, die meistens schrecklichen Nachrichten aus der Welt von heute. Es bräuchte eine Zwischenzeit, denkt Marie beklommen, eine Art Schleusenkammer, dank der ich die Dinge dorthin tun könnte, wo sie hingehören, und ich mich einordnen könnte in der langen Geschichte, von der ich bloss ein Abschnitt bin und die durch mich weitergehen wird, diese Geschichte, die ich werde einbeziehen müssen, bevor ich sie dann hinter mir lasse, um wieder von vorne anzufangen. Doch ohne etwas zu vergessen, damit all das Leid nicht sinnlos gewesen ist, damit ich etwas daraus machen kann. Doch was? Genau das gilt es zu finden. Vielleicht muss ich nur jeweils ganz achtsam und umsichtig sein, wenn sich Ablehnung oder Hass in meiner Umgebung oder in mir selbst äussern. Vielleicht fängt es ja mit winzig kleinen, zögernden, zaghaften Schritten und nicht mit aufsehenerregenden Handlungen an, vielleicht ändert sich die Welt auch erst an dem Tag, da jeder sich bemüht, ganz bescheiden an sich selbst zu arbeiten. Etwas, was Eva nicht tun wollte oder konnte.

Marie öffnet ihre Tasche und überzeugt sich, dass der Umschlag mit den Briefen und dem Foto auch wirklich darin ist – nur das allein bleibt ihr von ihren Grosseltern und deren Drama, das mit dem Drama Europas verschmilzt. Und da kommt ihr plötzlich der Gedanke, dass Matthias sein ganzes Leben lang nur diese Reliquien aus der Zeit davor aufbewahrt hatte – jener Zeit, in der man gehofft hatte, der Friede könnte noch gerettet werden, jener Zeit, in der die Menschen, die sich liebten, noch eine Zukunft zu haben schienen.

Als hätte er die Spuren der späteren Verwüstung beseitigen und in seinem tiefsten Inneren hartnäckig an dem strahlenden Bild des Paares festhalten wollen, das er mit Beate in weniger grausamen Zeiten gewesen wäre.

Vielleicht, denkt Marie, werde auch ich genau das Bild im Gedächtnis bewahren, wenn ich Kummer und Empörung dann hinter mir habe.

Sie lehnt den Kopf an die Nackenstütze des Sitzes und betrachtet den Tragflügel, der vor dem tiefen Blau des Himmels in der Sonne blitzt.

Roman
Aus dem Französischen von Markus Hediger
271 Seiten, geb.
ISBN 3 85787 254 3

Eine Entziehungskur im Jura gerät für neun Raucherinnen und Raucher zum grotesken Psychodrama.

„Ein durch und durch gelungener Streich."
Neue Zürcher Zeitung

„Ein bewundernswertes Kabinettstück psychologischer Feinarbeit."
Schweizer Illustrierte

Literatur aus der Romandie im Lenos Verlag

Roman
Aus dem Französischen von Markus Hediger
172 Seiten, geb.
ISBN 3 85787 257 8

Ein junger Europäer flieht in eine Stadt im Orient, in deren exotischer Atmosphäre er sich selbst verliert.

„Ein verblüffendes Début."
Die Weltwoche

„Ein Meisterwerk."
Berner Zeitung

Literatur aus der Romandie im Lenos Verlag

Von Alice Rivaz lieferbar:

Der Bienenfriede
Roman
Aus dem Französischen von Marcel Schwander
179 Seiten, broschiert
ISBN 3 85787 615 8
Lenos Pocket, Band 15

Schlaflose Nacht
Roman
Aus dem Französischen von Markus Hediger
312 Seiten, gebunden
ISBN 3 85787 235 7
auch als Taschenbuch erhältlich: Lenos Pocket, Band 39

Wolken in der Hand
Roman
Aus dem Französischen von Markus Hediger
197 Seiten
ISBN 3 85787 629 8
Lenos Pocket, Band 29

Im Herbst 1997 erscheint:

Aus dem Gedächtnis, aus dem Vergessen
Erzählungen
Aus dem Französischen von Markus Hediger
ca. 200 Seiten, gebunden
ISBN 3 85787 261 6